九宮格日語語法學習法

【修訂版】

掃描 QR 收聽全書 40 單元 MP3 雲端音檔
使用電腦即可下載
https://video.morningstar.com.tw/0170013/0170013.html

吳乃慧
◎著

晨星出版

作者序

　　這本書要獻給每一個句點王。

　　「明明我有一點基礎，但每次開口說日語，只能勉強說一兩句，每句還不超過6、7個字……。」

　　「我真的很想跟日本人多聊聊，但常常不知該聊什麼……。」

　　「為什麼我老是只會說好、好吃、好有趣、好漂亮之類的形容詞，我想說完整的一句話！」

　　「突然要我說日語，腦筋就一片空白，結果只會說我有把握的那幾句，那往往不是我想說的啊……。」

　　你有這方面的煩惱嗎？偷偷告訴你，其實絕大部分人都有這方面的煩惱。你以為是你涉日文未深才會這樣嗎？不，學得又久又精的人，一樣一堆有這方面的煩惱。

　　因為就算用中文聊，你也只能勉強聊個一兩句。

　　不信的話就試試。去針對一個主題展開會話，在沒練習、沒訣竅的情況下，其實比你想像中的還要困難。

　　於是催生了本書。

　　希望透過這本書，讓大家養成關鍵字思考法，並把關鍵字化為句子，針對一個主題寒暄、閒聊、甚至議論時，都能迅速反應，並且多說幾句。

　　終結句點王宿命，就從《九宮格日語學習法》開始吧！

吳乃慧

本書特色

1. **培養擴散思考法：**
   針對某一主題，透過九宮格關鍵字，進行擴散性思考，增加日文聯想力。
2. **迅速應付所有話題：**
   養成九宮格關鍵字思考習慣後，就能迅速應付所有話題，不再半响吭不出一句話。
3. **循序漸進的練習：**
   針對 40 個主題做練習，引導讀者由淺入深，從生活場景、日常活動、實踐夢想去練習展開話題。
4. **不只學單字，還有常用句型：**
   每個單元從 8 個關鍵單字切入，每個單字舉一兩句有趣的例句、和幾個相關聯想單字，透過這種方式擴散學習。例句的常用句型，會另外拉出來詳細解說。
5. **收錄日語基本用法：**
   初學者免驚，本書一開頭收錄了五十音、時間、日期、方向、顏色、問候語等基本用法。每個字也有附羅馬拼音，就算還沒記住五十音，也能跟著唸。
6. **動詞變化規則一目瞭然：**
   最困擾日語初學者的動詞變化，以索引方式一目瞭然呈現。讓大家在看例句時，順便學習動詞變化規則。

使用說明

如何使用本書？

1 每單元皆附**主題式九宮格**，帶你從中心主題擴散聯想出 8 個關鍵單字

2 九宮格請從正上方開始順時針向右閱讀，每個單字都附有對應的生活例句與詳細說明

3 例句中標成藍字的部分即為**關鍵單字**，讓你立刻秒懂如何實際運用

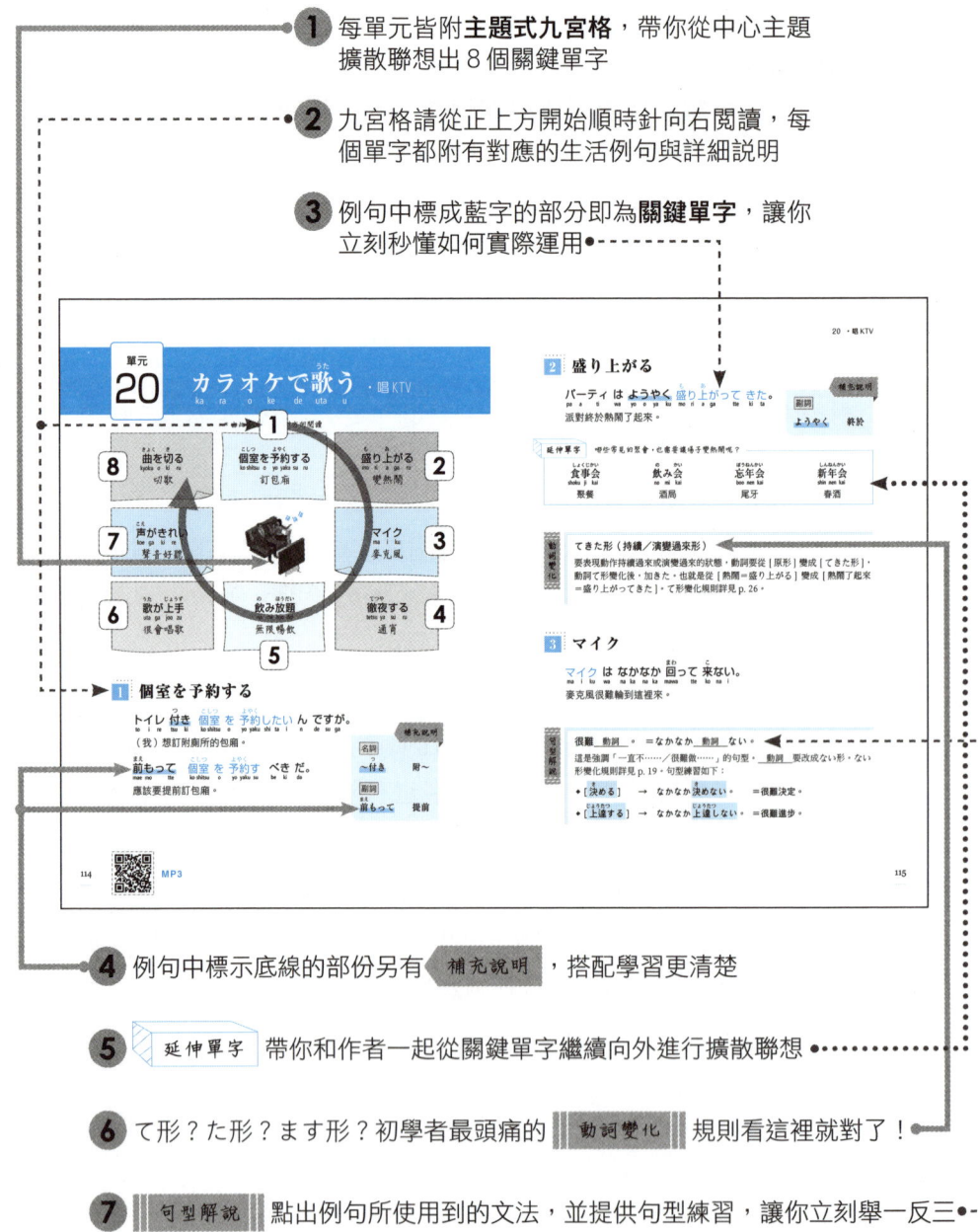

4 例句中標示底線的部份另有 補充說明 ，搭配學習更清楚

5 延伸單字 帶你和作者一起從關鍵單字繼續向外進行擴散聯想

6 て形？た形？ます形？初學者最頭痛的 動詞變化 規則看這裡就對了！

7 句型解說 點出例句所使用到的文法，並提供句型練習，讓你立刻舉一反三

使用說明

讀者限定無料

1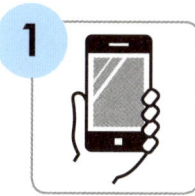

跨頁音檔收聽方法

1. 偶數頁（例如第 30 頁）的頁碼旁邊附有 MP3 QR Code
2. 用 APP 掃描就可立即收聽該跨頁（第 30 頁和第 31 頁）的真人朗讀，掃描第 32 頁的 QR 則可收聽第 32 頁和第 33 頁……

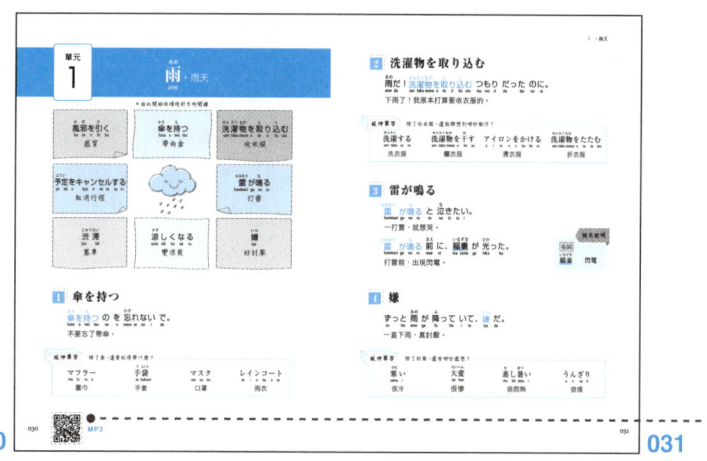

2

限定好康下載方法（請使用電腦操作）

※ **內容包含：全書跨頁音檔大補帖、電子檔九宮格單字表格**
   （全書 40 單元 MP3 雲端音檔，下載方法請見第 1 頁）

1. 尋找密碼：請翻到本書第 121 頁，找出最後一個「延伸單字」的「中文」。
2. 進入網站：https://reurl.cc/QYxZQp（輸入時請注意大小寫）
3. 填寫表單：依照指示填寫基本資料與下載密碼。E-mail 請務必正確填寫，萬一連結失效才能寄發資料給您！
4. 一鍵下載：送出表單後點選連結網址，即可下載。

005

- ◆ 作者序 002
- ◆ 本書特色 003
- ◆ 使用說明 004
- ◆ 日語基礎發音 009
  清音、濁音／半濁音、長音、拗音、促音
- ◆ 日語基本用法 013
  幾點幾分、星期幾、幾月幾號、方位、顏色、人體部位、問候寒暄
- ◆ 動詞變化規則 019
  ない形（否定形）、被動形、使役形、ます形（敬體）、可能形、條件形、意向形、て形（中止形）、た形（過去形／完了形）

I 生活場景篇

單元 1	雨天	030
單元 2	季節	034
單元 3	家	038
單元 4	公園	042
單元 5	學校	046
單元 6	公司	050
單元 7	通勤途中	054
單元 8	郵局	058
單元 9	美髮院	062
單元 10	去海邊	066

II 日常活動篇

單元 11	個性	072
單元 12	美食	076
單元 13	戀愛	081
單元 14	看電視	085
單元 15	運動	089
單元 16	購物	094
單元 17	生日	099
單元 18	生病	105
單元 19	過年	109
單元 20	唱 KTV	114
單元 21	租屋	118
單元 22	找工作	123
單元 23	打扮	127
單元 24	自己下廚	132
單元 25	藝文活動	137

III　目標夢想實踐篇

單元 26	辦派對	144
單元 27	辦社團	148
單元 28	挑戰自助旅行	153
單元 29	第一次上台簡報	157
單元 30	減重成功	162
單元 31	買新車	166
單元 32	取得證照	171
單元 33	存下 100 萬	175
單元 34	創業吧	180
單元 35	改善人際關係	185
單元 36	結婚	190
單元 37	戒掉壞習慣	195
單元 38	保持健康	200
單元 39	實現夢想	205
單元 40	愛護地球	211

日語基礎發音

・清音

　　日語基礎發音稱為「五十音」，雖然聽起來比中文的 37 個注音符號和英文的 26 個基礎字母多很多，但並不像中文或英文那麼複雜。只要把一個一個發音唸出來，再加上由基礎發音延伸出來的「撥音」、「濁音／半濁音」、「長音」、「拗音」、「促音」，就可以唸出所有的日文了。

行段		あ行	か行	さ行	た行	な行	は行	ま行	や行	ら行	わ行	撥音
						清音						
あ段	平假名	あ	か	さ	た	な	は	ま	や	ら	わ	ん
	片假名	ア	カ	サ	タ	ナ	ハ	マ	ヤ	ラ	ワ	ン
	羅馬字	a	ka	sa	ta	na	ha	ma	ya	ra	wa	n
い段	平假名	い	き	し	ち	に	ひ	み		り		
	片假名	イ	キ	シ	チ	ニ	ヒ	ミ		リ		
	羅馬字	i	ki	shi	chi	ni	hi	mi		ri		
う段	平假名	う	く	す	つ	ぬ	ふ	む	ゆ	る		
	片假名	ウ	ク	ス	ツ	ヌ	フ	ム	ユ	ル		
	羅馬字	u	ku	su	tsu	nu	fu	mu	yu	ru		
え段	平假名	え	け	せ	て	ね	へ	め		れ		
	片假名	エ	ケ	セ	テ	ネ	ヘ	メ		レ		
	羅馬字	e	ke	se	te	ne	he	me		re		
お段	平假名	お	こ	そ	と	の	ほ	も	よ	ろ	を	
	片假名	オ	コ	ソ	ト	ノ	ホ	モ	ヨ	ロ	ヲ	
	羅馬字	o	ko	so	to	no	ho	mo	yo	ro	o	

・濁音／半濁音

不是所有假名都可以變成濁音與半濁音。濁音是指在假名的右上角加上「〝」，讀的時候震動聲帶，喉音發聲；而半濁音是指在假名的右上角加上「。」，讀的時候上下唇接觸，氣音發聲。

行段		濁音				半濁音
		か行	さ行	た行	は行	は行
あ段	平假名	が	ざ	だ	ば	ぱ
	片假名	ガ	ザ	ダ	バ	パ
	羅馬字	ga	za	da	ba	pa
い段	平假名	ぎ	じ	ぢ	び	ぴ
	片假名	ギ	ジ	ヂ	ビ	ピ
	羅馬字	gi	ji	di	bi	pi
う段	平假名	ぐ	ず	づ	ぶ	ぷ
	片假名	グ	ズ	ヅ	ブ	プ
	羅馬字	gu	zu	du	bu	pu
え段	平假名	げ	ぜ	で	べ	ぺ
	片假名	ゲ	ゼ	デ	ベ	ペ
	羅馬字	ge	ze	de	be	pe
お段	平假名	ご	ぞ	ど	ぼ	ぽ
	片假名	ゴ	ゾ	ド	ボ	ポ
	羅馬字	go	zo	do	bo	po

MP3

・長音

　　長音就是延長發音,一拍的音變成兩拍。字面呈現如下表所示,例如屬於あ段的字,在後面加あ;屬於い段的字,在後面加い……以此類推。

　　例外是,屬於え段的字,後面加い,也發長音;屬於お段的字,後面加う,也發長音。

　　片假名的話,在該假名後面加長音符號「ー」,就是長音。

長音										
行段		あ行	か行	さ行	た行	な行	は行	ま行	や行	ら行	わ行
あ段	平假名	ああ	かあ	さあ	たあ	なあ	はあ	まあ	やあ	らあ	わあ
	片假名	アー	カー	サー	ター	ナー	ハー	マー	ヤー	ラー	ワー
	羅馬字	aa	kaa	saa	taa	naa	haa	maa	yaa	raa	waa
い段	平假名	いい	きい	しい	ちい	にい	ひい	みい		りい	
	片假名	イー	キー	シー	チー	ニー	ヒー	ミー		リー	
	羅馬字	ii	kii	shii	chii	nii	hii	mii		rii	
う段	平假名	うう	くう	すう	つう	ぬう	ふう	むう	ゆう	るう	
	片假名	ウー	クー	スー	ツー	ヌー	フー	ムー	ユー	ルー	
	羅馬字	uu	kuu	suu	tsuu	nuu	fuu	muu	yuu	ruu	
え段	平假名	えい	けい	せい	てい	ねい	へい	めい		れい	
	片假名	エー	ケー	セー	テー	ネー	ヘー	メー		レー	
	羅馬字	ee	kee	see	tee	nee	hee	mee		ree	
お段	平假名	おう	こう	そう	とう	のう	ほう	もう	よう	ろう	
	片假名	オー	コー	ソー	トー	ノー	ホー	モー	ヨー	ロー	
	羅馬字	oo	koo	soo	too	noo	hoo	moo	yoo	roo	

・拗音

行段		か行		さ行		た行	な行	は行			ま行	ら行
あ段	平假名	きゃ	ぎゃ	しゃ	じゃ	ちゃ	にゃ	ひゃ	びゃ	ぴゃ	みゃ	りゃ
	片假名	キャ	ギャ	シャ	ジャ	チャ	ニャ	ヒャ	ビャ	ピャ	ミャ	リャ
	羅馬字	kya	gya	sha	ja	cha	nya	hya	bya	pya	mya	rya
う段	平假名	きゅ	ぎゅ	しゅ	じゅ	ちゅ	にゅ	ひゅ	びゅ	ぴゅ	みゅ	りゅ
	片假名	キュ	ギュ	シュ	ジュ	チュ	ニュ	ヒュ	ビュ	ピュ	ミュ	リュ
	羅馬字	kyu	gyu	shu	ju	chu	nyu	hyu	byu	pyu	myu	ryu
お段	平假名	きょ	ぎょ	しょ	じょ	ちょ	にょ	ひょ	びょ	ぴょ	みょ	りょ
	片假名	キョ	ギョ	ショ	ジョ	チョ	ニョ	ヒョ	ビョ	ピョ	ミョ	リョ
	羅馬字	kyo	gyo	sho	jo	cho	nyo	hyo	byo	pyo	myo	ryo

註：拗音是指在假名後加上一個小や、小ゆ、小よ，讀的時候，與前面的假名發音連著唸，便能把正確的發音唸出來。

・促音

促音就像休止符，遇促音時，要停頓一拍不發音。促音符號為小「つ」、小「ッ」。用羅馬字書寫時，以重複小「つ」、小「ッ」後的假名拼音的第一個羅馬字來表示。

もっと motto	促音「っ」不發音，停一拍 羅馬拼音重複促音後第一個音「t」
いっしょ issho	促音「っ」不發音，停一拍 羅馬拼音重複促音後第一個音「s」
コック kokku	促音「ッ」不發音，停一拍 羅馬拼音重複促音後第一個音「k」
プッシュ pusshu	促音「ッ」不發音，停一拍 羅馬拼音重複促音後第一個音「s」

MP3

日語基本用法

・幾點幾分

いちじ 一時 ichi-ji 1點	にじ 二時 ni-ji 2點	さんじ 三時 san-ji 3點	よじ 四時 yo-ji 4點
ごじ 五時 go-ji 5點	ろくじ 六時 roku-ji 6點	しちじ 七時 shichi-ji 7點	はちじ 八時 hachi-ji 8點
くじ 九時 ku-ji 9點	じゅうじ 十時 juu-ji 10點	じゅういちじ 十一時 juu-ichi-ji 11點	じゅうにじ 十二時 juu-ni-ji 12點
いっぷん 一分 i-ppun 1分	にふん 二分 ni-fun 2分	さんぷん 三分 san-pun 3分	よんふん 四分 yon-fun 4分
ごふん 五分 go-fun 5分	ろっぷん 六分 ro-ppun 6分	ななふん 七分 nana-fun 7分	はっぷん 八分 ha-ppun 8分
きゅう ふん 九 分 kyuu-fun 9分	じゅっ ぷん 十 分 ju-ppun 10分	じゅういっぷん 十一分 juu-i-ppun 11分	じゅうにふん 十二分 juu-ni-fun 12分
じゅうさんぷん 十三分 juu-san-pun 13分	じゅうよんふん 十四分 juu-yon-fun 14分	じゅうごふん 十五分 juu-go-fun 15分	じゅうろっぷん 十六分 juu-ro-ppun 16分
じゅうななふん 十七分 juu-nana-fun 17分	じゅうはっぷん 十八分 juu-ha-ppun 18分	じゅうきゅうふん 十九 分 juu-kyuu-fun 19分	に じゅっぷん 二十分 ni-ju-ppun 20分

にじゅういっぷん 二十一分 ni-juu-i-ppun 21 分	にじゅう にふん 二十二分 ni-juu-ni-fun 22 分	にじゅうさんぷん 二十三分 ni-juu-san-pun 23 分	にじゅうよんふん 二十四分 ni-juu-yon- fun 24 分
にじゅう ご ふん 二十五分 ni-juu-go-fun 25 分	にじゅうろっぷん 二十六分 ni-juu-ro-ppun 26 分	にじゅうななふん 二十七分 ni-juu-nana-fun 27 分	にじゅうはっぷん 二十八分 ni-juu-ha-ppun 28 分
にじゅうきゅうふん 二十九 分 ni-juu-kyuu-fun 29 分	さんじゅっぷん 三十分 san-ju-ppun 30 分	さんじゅういっぷん 三十一分 san-juu-i-ppun 31 分	さんじゅうにふん 三十二分 san-juu-ni-fun 32 分
さんじゅうさんぷん 三十三分 san-juu-san-pun 33 分	さんじゅうよんふん 三十四分 san-juu-yon- fun 34 分	さんじゅうごふん 三十五分 san-juu-go-fun 35 分	さんじゅうろっぷん 三十六分 san-juu-ro-ppun 36 分
さんじゅうななふん 三十七分 san-juu-nana-fun 37 分	さんじゅうはっぷん 三十八分 san-juu-ha-ppun 38 分	さんじゅうきゅうふん 三十九分 san-juu-kyuu-fun 39 分	よんじゅっぷん 四十分 yon-ju-ppun 40 分
よんじゅういっぷん 四十一分 yon-juu-i-ppun 41 分	よんじゅう にふん 四十二分 yon-juu-ni-fun 42 分	よんじゅうさんぷん 四十三分 yon-juu-san-pun 43 分	よんじゅうよんふん 四十四分 yon-juu-yon- fun 44 分
よんじゅう ごふん 四十五分 yon-juu-go-fun 45 分	よんじゅうろっぷん 四十六分 yon-juu-ro-ppun 46 分	よんじゅうななふん 四十七分 yon-juu-nana-fun 47 分	よんじゅうはっぷん 四十八分 yon-juu-ha-ppun 48 分
よんじゅうきゅうふん 四十九分 yon-juu-kyuu-fun 49 分	ご じゅっぷん 五十分 go-ju-ppun 50 分	ご じゅういっぷん 五十一分 go-juu-i-ppun 51 分	ご じゅうにふん 五十二分 go-juu-ni-fun 52 分
ごじゅうさんぷん 五十三分 go-juu-san-pun 53 分	ごじゅうよんふん 五十四分 go-juu-yon- fun 54 分	ごじゅうごふん 五十五分 go-juu-go-fun 55 分	ごじゅうろっぷん 五十六分 go-juu-ro-ppun 56 分
ご じゅうななふん 五十七分 go-juu-nana-fun 57 分	ご じゅうはっぷん 五十八分 go-juu-ha-ppun 58 分	ご じゅうきゅうふん 五十九 分 go-juu-kyuu-fun 59 分	ろくじゅっぷん 六十 分 roku-ju-ppun 60 分

 MP3

・星期幾

にちようび 日曜日 nichi-yoo-bi 星期日	げつようび 月曜日 getsu-yoo-bi 星期一	かようび 火曜日 ka-yoo-bi 星期二	すいようび 水曜日 sui-yoo-bi 星期三
もくようび 木曜日 moku-yoo-bi 星期四	きんようび 金曜日 kin-yoo-bi 星期五	どようび 土曜日 do-yoo-bi 星期六	

・幾月幾號

いちがつ 一月 ichi-gatsu 一月	にがつ 二月 ni-gatsu 二月	さんがつ 三月 san-gatsu 三月	しがつ 四月 shi-gatsu 四月
ごがつ 五月 go-gatsu 五月	ろくがつ 六月 roku-gatsu 六月	しちがつ 七月 shichi-gatsu 七月	はちがつ 八月 hachi-gatsu 八月
くがつ 九月 ku-gatsu 九月	じゅうがつ 十月 juu-gatsu 十月	じゅういちがつ 十一月 juu-ichi-gatsu 十一月	じゅうにがつ 十二月 juu-ni-gatsu 十二月
ついたち 一日 tsui-tachi 1號	ふつか 二日 hutsu-ka 2號	みっか 三日 mi-kka 3號	よっか 四日 yo-kka 4號
いつか 五日 itsu-ka 5號	むいか 六日 mui-ka 6號	なのか 七日 nano-ka 7號	ようか 八日 yoo-ka 8號
ここのか 九日 kokono-ka 9號	とおか 十日 too-ka 10號	じゅういちにち 十一日 juu-ichi-nichi 11號	じゅうににち 十二日 juu-ni-nichi 12號

じゅうさんにち 十三日 juu-san-nichi 13號	じゅうよっか 十四日 juu-yo-kka 14號	じゅうごにち 十五日 juu-go-nichi 15號	じゅうろくにち 十六日 juu-roku-nichi 16號
じゅうしちにち 十七日 juu-shichi-nichi 17號	じゅうはちにち 十八日 juu-hachi-nichi 18號	じゅうくにち 十九日 juu-ku-nichi 19號	はつか 二十日 ha-tsu-ka 20號
にじゅういちにち 二十一日 ni-juu-ichi-nichi 21號	にじゅうににち 二十二日 ni-juu-ni-nichi 22號	にじゅうさんにち 二十三日 ni-juu-san-nichi 23號	にじゅうよっか 二十四日 ni-juu-yo-kka 24號
にじゅうごにち 二十五日 ni-juu-go-nichi 25號	にじゅうろくにち 二十六日 ni-juu-roku-nichi 26號	にじゅうしちにち 二十七日 ni-juu-shichi-nichi 27號	にじゅうはちにち 二十八日 ni-juu-hachi-nichi 28號
にじゅうくにち 二十九日 ni-juu-ku-nichi 29號	さんじゅうにち 三十日 san-juu-nichi 30號	さんじゅういちにち 三十一日 san-juu-ichi-nichi 31號	

・**方位**

ここ ko-ko 這裡	そこ so-ko 那裡	ひだり 左 hidari 左邊	みぎ 右 migi 右邊
まえ 前 mae 前方	うし 後ろ ushi-ro 後方	む 向こう mu-ko-o 對面	となり 隣 tonari 隔壁
ひがし 東 higashi 東	にし 西 nishi 西	みなみ 南 minami 南	きた 北 kita 北

MP3

・顔色

| くろ
黒
kuro
黑色 | しろ
白
shiro
白色 | あか
赤
aka
紅色 | みどり
緑
midori
綠色 | ピンク
pi-n-ku
粉紅色 | あお
青
ao
藍色 | きいろ
黄色
ki-iro
黃色 |

・人體部位

あたま 頭 atama 頭	みみ 耳 mimi 耳朵	め 目 me 眼睛	くち 口 kuchi 嘴巴
あし 足 ashi 腳	あしくび 足首 ashi-kubi 腳踝	もも 腿 momo 大腿	ひざ 膝 hiza 膝蓋
はら 腹 hara 腹部	こし 腰 koshi 腰部	せなか 背中 se-naka 背部	しり 尻 shiri 臀部
むね 胸 mune 胸部	て 手 te 手	てくび 手首 te-kubi 手腕	しんぞう 心臓 shin-zoo 心臟
い 胃 i 胃	はい 肺 hai 肺	じんぞう 腎臓 jin-zoo 腎臟	もうちょう 盲腸 moo-choo 盲腸

・問候寒暄

こんにちは。 ko-n-ni-chi-wa 你好。（白天用）	おはようございます。 o-ha-yo-o-go-za-i-ma-su 早安。
こんばんは。 ko-n-ba-n-wa 晚安。（晚上用）	お休みなさい。 o-yasu-mi-na-sa-i 晚安。（睡前用）
ありがとうございます。 a-ri-ga-to-o-go-za-i-ma-su 謝謝。	どういたしまして。 do-o-i-ta-shi-ma-shi-te 不客氣。
ごめんなさい。 go-me-n-na-sa-i 對不起。	すみません。 su-mi-ma-se-n 不好意思。
さようなら。 sa-yo-o-na-ra 再見。	じゃ、また明日。 ja ma-ta-a-shi-ta 明天見。
気をつけてください。 ki-o-tsu-ke-te-ku-da-sa-i 請保重。	大丈夫。 dai-joo-bu 沒關係。
お久しぶりです。 o-hisa-shi-bu-ri-de-su 好久不見。	お元気ですか。 o-gen-ki-de-su-ka 你好嗎？
元気です。あなたは？ gen-ki-de-su a-na-ta-wa 我很好。你呢？	私も元気です。 watashi-mo-gen-ki-de-su 我也很好。
はじめまして、よろしくお願いします。 ha-ji-me-ma-shi-te yo-ro-shi-ku-o-nega-i-shi-ma-su 初次見面，請多多指教。	また連絡してください。 ma-ta-ren-raku-shi-te-ku-da-sa-i 再連絡。

 MP3

018

動詞變化規則

前導說明

◆ 動詞（原形）分成三類：
I. 第一類動詞，又稱五段動詞，字尾う段（う、く、ぐ、す、つ、ぬ、ぶ、む、る）。
II. 第二類動詞，又稱上下一段動詞，字尾一定是る。
III. 第三類動詞，只有兩個：「する」、「来る」，屬不規則變化。

ない形（否定形） **變化規則：**

第一類動詞：字尾う段，變あ段，再加ない。例如：

動詞原形	あ段	い段	う段	え段	お段	動詞否定形	中文
死ぬ	な	に	ぬ	ね	の	死なない	不死
飲む	ま	み	む	め	も	飲まない	不喝
降る	ら	り	る	れ	ろ	降らない	不下

第二類動詞：字尾る去掉，加ない。例如：

晴れる → 晴れる＋ない → 晴れない　不放晴
掛ける → 掛ける＋ない → 掛けない　不打（電話）
落ちる → 落ちる＋ない → 落ちない　不掉

019

第三類動詞：只有兩個，屬不規則變化，請另外記住。

する→しない　不做
来(く)る→来(こ)ない　不來

被動形 變化規則：

第一類動詞：字尾う段，變あ段，再加れる。例如：

動詞原形	あ段	い段	う段	え段	お段	動詞被動形	中文
言(い)う	あ(わ)	い	う	え	お	言(い)われる	被說
包(つつ)む	ま	み	む	め	も	包(つつ)まれる	被包住
叱(しか)る	ら	り	る	れ	ろ	叱(しか)られる	被罵

註：字尾う的動詞，否定形或被動形或使役形變化時，
　　不是 **あない、**あれる、**あせる，而是 **わない、**われる、**わせる。

第二類動詞：字尾る去掉，加られる。例如：

教(おし)える　→　教(おし)える＋られる　→　教(おし)えられる　被教
上(あ)げる　→　上(あ)げる＋られる　→　上(あ)げられる　被提升
埋(う)める　→　埋(う)める＋られる　→　埋(う)められる　被填

第三類動詞：只有兩個，屬不規則變化，請另外記住。

する→される　被做
来(く)る→来(こ)られる　被來

使役形 變化規則：

第一類動詞：字尾う段，變あ段，再加せる。例如：

動詞原形	あ段	い段	う段	え段	お段	動詞使役形	中文
吸う	あ/わ	い	う	え	お	吸わせる	使吸
呼ぶ	ば	び	ぶ	べ	ぼ	呼ばせる	使稱呼
走る	ら	り	る	れ	ろ	走らせる	使跑

註：字尾う的動詞原形，否定形或被動形或使役形變化時，
　　不是 ** あない、** あれる、** あせる，而是 ** わない、** われる、** わせる。

第二類動詞：字尾る去掉，加させる。例如：

数える　→　数える＋させる　→　数えさせる　使數
入れる　→　入れる＋させる　→　入れさせる　使放入
出る　　→　出る　＋させる　→　出させる　　使出來

第三類動詞：只有兩個，屬不規則變化，請另外記住。

する→させる　　使做
来る→来させる　使來

ます形（敬體）變化規則：

ます形就是敬體（相對的原形則是普通體），用於長輩、關係疏遠、以禮相待者。

ます形用於句型變化中，<u>會去掉ます</u>。例如：

動詞ます形＋ながら　→　一邊～
動詞ます形＋たい　　→　想～
動詞ます形＋やすい　→　容易～

第一類動詞：字尾う段，變い段，再加ます。例如：

動詞原形	あ段	い段	う段	え段	お段	動詞ます形	中文
動く	か	き	く	け	こ	動きます	動
壊す	さ	し	す	せ	そ	壊します	弄壞
待つ	た	ち	つ	て	と	待ちます	等

第二類動詞：字尾る去掉，加ます。例如：

泊める　→　泊める＋ます　→　泊めます　短住
いる　　→　いる＋ます　　→　います　　在
借りる　→　借りる＋ます　→　借ります　借入

第三類動詞：只有兩個，屬不規則變化，請另外記住。

する→します　做
来る→来ます　來

可能形 變化規則：

第一類動詞：字尾う段，變え段，再加る。例如：

動詞原形	あ段	い段	う段	え段	お段	動詞可能形	中文
働く	か	き	く	け	こ	働ける	能工作
尽くす	さ	し	す	せ	そ	尽くせる	能盡力
持つ	た	ち	つ	て	と	持てる	能帶

第二類動詞：字尾る去掉，加られる。與被動形一樣。例如：

教える → 教える＋られる → 教えられる　能教
上げる → 上げる＋られる → 上げられる　能提升
降りる → 降りる＋られる → 降りられる　能下車

第三類動詞：只有兩個，屬不規則變化，請另外記住。

する→できる　　能做
来る→来られる　能來

條件形 變化規則：

第一類動詞：字尾う段，變え段，再加ば。例如：

動詞原形	あ段	い段	う段	え段	お段	動詞條件形	中文
書_かく	か	き	く	け	こ	書_かけば	如果寫
減_へらす	さ	し	す	せ	そ	減らせば	如果減少
勝_かつ	た	ち	つ	て	と	勝_かてば	如果贏

第二類動詞：字尾る去掉，加れば。例如：

変_かえる → 変える＋れば → 変_かえれば　如果改變

見_みる → 見る ＋れば → 見_みれば　　如果看

褒_ほめる → 褒める＋れば → 褒_ほめれば　如果誇獎

第三類動詞：只有兩個，屬不規則變化，請另外記住。

する→すれば　如果做
来_くる→来_くれば　如果來

意向形 變化規則：

第一類動詞：字尾う段，變お段，再加う。例如：

動詞原形	あ段	い段	う段	え段	お段	動詞意向形	中文
行く	か	き	く	け	こ	行こう	去吧
話す	さ	し	す	せ	そ	話そう	說吧
立つ	た	ち	つ	て	と	立とう	站吧

第二類動詞：字尾る去掉，加よう。例如：

食べる → 食べる＋よう → 食べよう　吃吧
続ける → 続ける＋よう → 続けよう　繼續吧
起きる → 起きる＋よう → 起きよう　起來吧

第三類動詞：只有兩個，屬不規則變化，請另外記住。

する→しよう　做吧
来る→来よう　來吧

て形（中止形）變化規則：

て形為接續前後句的中止形，衍生出許多常見句型，例如：
～ている　→　正在～、處於～狀態
～てしまう→　完全～、不小心～
～てもらう→　為我做～

第一類動詞：

- **字尾為う、つ、る時**，發生促音變，去掉字尾、加促音「っ」、加て

　　会う→会って　　　打つ→打って　　　座る→座って

- **字尾為ぬ、ぶ、む時**，發生鼻音變，去掉字尾、加鼻音「ん」、加で

　　死ぬ→死んで　　　飛ぶ→飛んで　　　住む→住んで

- **字尾為す時**，發生い段音變，去掉字尾、加「し」、加て

　　話す→話して

- **字尾為く、ぐ時**，發生い音變，去掉字尾、加「い」、加て或で

　　続く→続いて　　　嗅ぐ→嗅いで

- **例外：行く的て形不是「行いて」，而是「行って」**

　　行く→行って

第二類動詞：字尾る去掉，加て。例如：

　　食べる　→　食べる＋て　→　食べて
　　続ける　→　続ける＋て　→　続けて

起きる　→　起きる＋て　→　起きて

第三類動詞：只有兩個，屬不規則變化，請另外記住。

する→して
来る→来て

た形（過去形／完了形）變化規則：

た形就是過去形，用於表現動作的完成。
た形變化規則與て形變化規則一模一樣，只差在把て改成た而已。

第一類動詞：
- 字尾為う、つ、る時，發生促音變，去掉字尾、加促音「っ」、加た

  言う→言った　　勝つ→勝った　　作る→作った

- 字尾為ぬ、ぶ、む時，發生鼻音變，去掉字尾、加鼻音「ん」、加だ

  死ぬ→死んだ　　叫ぶ→叫んだ　　飲む→飲んだ

- 字尾為す時，發生い段音變，去掉字尾、加「し」、加た

  貸す→貸した

- 字尾為く、ぐ時，發生い音變，去掉字尾、加「い」、加た或だ

  引く→引いた　　泳ぐ→泳いだ

- 例外：行く的た形不是「行いた」，而是「行った」

  行く→行った

第二類動詞：字尾る去掉，加た。例如：

$$
\begin{array}{lll}
\overset{ふ}{増}える & \rightarrow \ \overset{ふ}{増}える+た & \rightarrow \ \overset{ふ}{増}えた \\
\overset{し}{占}める & \rightarrow \ \overset{し}{占}める+た & \rightarrow \ \overset{し}{占}めた \\
\overset{つ}{付}ける & \rightarrow \ \overset{つ}{付}ける+た & \rightarrow \ \overset{つ}{付}けた
\end{array}
$$

第三類動詞：只有兩個，屬不規則變化，請另外記住。

する→した
来る→来た

Ⅰ
生活場景篇

單元 1

雨 (あめ) ame ・雨天

* 由此開始依順時針方向閱讀

風邪を引く (かぜをひく) ka ze o hi ku 感冒	傘を持つ (かさをもつ) kasa o mo tsu 帶雨傘	洗濯物を取り込む (せんたくものをとりこむ) sen taku mono o to ri ko mu 收衣服
予定をキャンセルする (よてい) yo tei o kyan se ru su ru 取消行程		雷が鳴る (かみなり な) kaminari ga na ru 打雷
渋滞 (じゅうたい) juu tai 塞車	涼しくなる (すず) suzu shi ku na ru 變涼爽	嫌 (いや) iya 好討厭

1 傘を持つ

傘を持つ の を 忘れない で。
kasa o mo tsu no o wasu re na i de

不要忘了帶傘。

延伸單字 除了傘,還要記得帶什麼?

| マフラー ma fu ra a 圍巾 | 手袋 (てぶくろ) te bukuro 手套 | マスク ma su ku 口罩 | レインコート re in ko o to 雨衣 |

030

MP3

2 洗濯物を取り込む

雨だ！洗濯物を取り込むつもりだったのに。
ame da　sen taku mono o to ri ko mu　tsu mo ri　da　tta　no ni

下雨了！我原本打算要收衣服的。

延伸單字　除了收衣服，還能聯想到哪些動作？

洗濯する	洗濯物を干す	アイロンをかける	洗濯物をたたむ
sen taku su ru	sen taku mono o ho su	a i ro n o ka ke ru	sen taku mono o ta ta mu
洗衣服	曬衣服	燙衣服	折衣服

3 雷が鳴る

雷が鳴ると泣きたい。
kaminari ga na ru　to　na ki tai

一打雷，就想哭。

雷が鳴る前に、稲妻が光った。
kaminari ga na ru　mae ni　ina zuma ga　hika tta

打雷前，出現閃電。

補充說明

名詞
稲妻（いなずま）　閃電

4 嫌

ずっと雨が降っていて、嫌だ。
zu tto ame ga fu tte i te　iya da

一直下雨，真討厭。

延伸單字　除了討厭，還有哪些感想？

寒い	大変	蒸し暑い	うんざり
samu i	tai hen	mu shi atsu i	u n za ri
很冷	很慘	很悶熱	很煩

031

5 涼しくなる

涼<ruby>すず</ruby>しくなって よかった！
suzu shi ku na tte yo ka tta

變涼爽了，真好！

延伸單字 除了真好，還有哪些感想？

嬉しい	気持ちいい	ラッキー	ありがたい
ure shi i	ki mo chi i i	ra kki i	a ri ga ta i
真高興	真舒服	真幸運	真感謝

6 渋滞

大雪<ruby>おおゆき</ruby> の せいで、一時間<ruby>いちじかん</ruby> も 渋滞<ruby>じゅうたい</ruby> した。
oo yuki no se i de ichi ji kan mo juu tai shi ta

都怪大雪，害我塞車塞了一個小時。

補充說明
句型
〜の せいで　都怪〜

7 予定をキャンセルする

台風<ruby>たいふう</ruby> の せいで、予定<ruby>よてい</ruby> を キャンセル しなきゃ。
tai fuu no se i de yo tei o kya n se ru shi na kya

都怪颱風，害我不得不取消行程。

句型解說

不得不__動詞__＝__動詞__なきゃ

「不得不／必須……」的口語用法，要用「……なきゃ」，動詞改成否定形，再去い，加きゃ。否定形變化規則詳見 p. 19。句型練習如下：

◆ [言<ruby>い</ruby>う]　→　言<ruby>い</ruby>わない　→　言<ruby>い</ruby>わなきゃ　＝不得不說。

◆ [信<ruby>しん</ruby>じる]　→　信<ruby>しん</ruby>じない　→　信<ruby>しん</ruby>じなきゃ。　＝不得不相信。

MP3

032

8 風邪を引く

風邪(かぜ)を引(ひ)いた みたい。
ka ze o hi ta mi ta i

我好像感冒了。

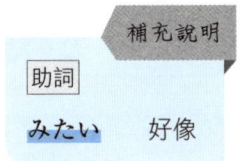
補充說明
助詞
みたい　好像

た形（過去形／完了形）

要表現動作的完成「……了」，動詞要從原形的「招來＝引く」變成過去形（た形）的「招來了＝引いた」。た形變化規則詳見 p. 27。

單元 2

季節・季節
ki setsu

* 由此開始依順時針方向閱讀

雪祭り
yuki matsu ri
雪祭

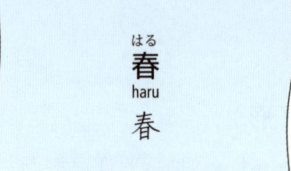
春
haru
春

花見
hana mi
賞櫻

冬
fuyu
冬

夏
natsu
夏

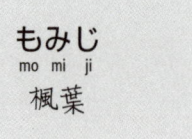
もみじ
mo mi ji
楓葉

秋
aki
秋

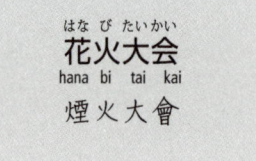
花火大会
hana bi tai kai
煙火大會

1 春

いよいよ 春 が 来た。
i yo i yo haru ga ki ta
春天終於來了。

春 らしい カラー に 挑戦 したい。
haru ra shi i ka ra a ni choo sen shi ta i
（我）想嘗試很春天的顏色。

2 花見

一緒に 花見に 行きましょう！
isshoni hanami ni ikimashoo

一起去賞櫻吧！

句型解説

一起去＿＿＿吧！＝一緒に＿＿＿に行きましょう！

一起＝一緒に；去吧＝行きましょう。「一起去……吧」的句型空格裡，可以放入[動作]，也可以放入[地點]。例如：

- 動作　一緒に 買い物 に 行きましょう！　＝一起去[買東西]吧！
- 地點　一緒に 夜市 に 行きましょう！　＝一起去[夜市]吧！

3 夏

夏は かき氷の 季節だ。
natsu wa kakigoori no kisetsu da

夏天是刨冰的季節。

延伸單字　夏天除了刨冰，還想到什麼？

夏バテ natsu ba te	スイカ su i ka	ゴキブリ出没 go ki bu ri shutsu botsu	ダイエット da i e tto
中暑	西瓜	蟑螂出沒	減肥

035

4 花火大会

今回 の 花火大会 を 楽しみに している。
kon kai no hana bi tai kai o tanoshi mi ni shi te i ru
很期待這次的煙火大會。

> **動詞變化**
>
> **ている形（正在持續形）**
> 要表現動作的**持續狀態**「正在／持續……」，動詞要從 [原形] 的「期待＝楽しみする」變成 [正在持續形] 的「持續期待＝楽しみしている」，動詞て形變化後，加いる。て形變化規則詳見 p. 26。

5 秋

この料理 には 秋 の 旬 の 食材 が たくさん 入っている。
ko no ryoo ri ni wa aki no shun no shoku zai ga ta ku san hai tte i ru
這道菜裡有許多秋天當季食材。

> **延伸單字**　除了當季食材，還有當季的什麼呢？
>
> | 旬の野菜 | 旬の魚 | 旬の果物 | 旬の花 |
> |---|---|---|---|
> | shun no ya sai | shun no sakana | shun no kuda mono | shun no hana |
> | 當季蔬菜 | 當季漁獲 | 當季水果 | 當季花卉 |

6 もみじ

もみじ は 赤く なった。
mo mi ji wa aka ku na tta
楓葉變紅了。

もみじ の 見ごろ は いつ ですか。
mo mi ji no mi go ro wa i tsu de su ka
楓葉的最佳觀賞時期是什麼時候呢？

> **補充說明**
>
> 名詞
>
> もみじ → 楓葉
> 　　　（楓樹的葉子）
> 紅葉（こうよう） → 紅葉
> 　　　（秋天變紅的葉子）

MP3

7 冬

冬になると、体がだるくなる。
fuyu ni na ru to karada ga da ru ku na ru

冬天一到，就渾身發懶。

句型解說

一___句子1，就___句子2。＝___句子1と、___句子2。

前後句子之間用［と］銜接，表示條件，相當於中文的「一……就……」。句子1的動詞要用原形來銜接［と］，本書一開始所列的動詞，皆為原形。句型練習如下：

◆ ［食べ過ぎる／眠くなる］ → 食べ過ぎると、眠くなる。
　　　　　　　　　　　　　＝ 一旦吃得太飽，就想睡覺。

8 雪祭り

札幌の雪祭りに行かない？
sa pporo no yuki matsu ri ni i ka na i

要不要去札幌的雪祭呢？

延伸單字　除了札幌雪祭，還有什麼知名祭典呢？

京都祇園祭り	青森ねぶた祭り	大阪天神祭り	仙台七夕祭り
kyoo to gi on matsu ri	ao mori ne bu ta matsu ri	oo saka ten jin matsu ri	sen dai tana bata matsu ri
京都祇園祭	青森睡魔祭	大阪天神祭	仙台七夕祭

單元 3

家・家
いえ
ie

＊由此開始依順時針方向閱讀

子育て こそだて ko soda te 養育兒女	帰り かえり kae ri 回家	リビング ri bi n gu 客廳
家事をする かじ ka ji o su ru 做家事		台所 だいどころ dai dokoro 廚房
部屋 へや he ya 房間	兄弟 きょうだい kyoo dai 兄弟姊妹	親 おや oya 父母

1 帰り

A：ただいま。
　　ta da i ma
A：我回來了。

B：お帰り。
　　　かえ
　　o kae ri
B：歡迎回家。

038　MP3

2 リビング

この リビング は 天井 が 高い。
ko no　ri bi n gu　wa　ten joo　ga　taka i

這個客廳的天花板很高。

延伸單字　客廳除了天花板，還有什麼呢？

壁	ソファ	床	テーブル
kabe	so fa	yuka	te e bu ru
牆壁	沙發	地板	桌子

3 台所

台所 から いい 匂い がした。
dai dokoro　ka ra　i i　nio i　ga shi ta

從廚房飄來了香味。

延伸單字　除了廚房，家裡還有哪些空間呢？

ダイニング	書斎	トイレ	バス
da i ni n gu	sho sai	to i re	ba su
餐廳	書房	廁所	浴室

4 親

親 に 彼氏 を 紹介 したい。
oya ni kare shi o shoo kai shi ta i

想把男朋友介紹給父母。

親 孝行 を すべき だ。
oya koo koo o su be ki da

應該要孝順父母。

5 兄弟

A：何人 兄弟 ですか。
　　なんにん　きょうだい
　　nan nin　kyoo dai　de su ka

你家有幾個兄弟姊妹？

B：二人 兄弟 です。私 の 上 に 兄 が います。
　　ふたり　きょうだい　　　　わたし　　うえ　　あに
　　futa ri　kyoo dai　de su　watashi no　ue ni　ani　ga　i ma su

兩個兄弟姊妹（含自己）。我上面有個哥哥。

延伸單字
兄弟姊妹的個別稱呼是什麼呢？

兄	弟	姉	妹
あに	おとうと	あね	いもうと
ani	otooto	ane	imooto
哥哥	弟弟	姊姊	妹妹

6 部屋

この家 には 部屋 が 3室 ある。
　いえ　　　　へや　　　さんしつ
ko no ie　ni wa　he ya ga　san shitsu　a ru

這個家有3間房間。

自分 の 部屋 が 欲しい。
じぶん　　へや　　　ほ
Ji bun no　he ya ga　ho shi i

想擁有自己的房間。

句型解說

想擁有　名詞　。＝　名詞　が 欲しい。

「想擁有……」的句型空格裡，要放入 [名詞]。例如：

- [具象名詞]　想擁有 [錢]。　＝お金 が 欲しい。
　　　　　　　　　　　　　　　　　かね　ほ
- [抽象名詞]　想擁有 [地位]。＝地位 が 欲しい。
　　　　　　　　　　　　　　　　　ちい　ほ

7 家事をする

家事をする のが 苦手 だ。
ka ji o su ru no ga niga te da

我不擅長做家事。

延伸單字 有哪些家事呢？

皿を洗う	料理する	ごみを出す	掃除する
sara o ara u	ryoo ri su ru	go mi o da su	soo ji su ru
洗碗	煮飯	倒垃圾	掃地

---

8 子育て

子育て に 力 を 入れて いる。
ko soda te ni chikara o i re te i ru

傾全力於養育兒女。

子育て に 悩んで いる。
ko soda te ni naya n de i ru

煩惱著養育兒女問題。

動詞變化

ている形（正在持續形）

以上兩個例句的動作都是一種持續狀態，動詞要從 [原形] 變成 [正在持續形 ている形]，所以會變成「持續傾注＝入れている」，「持續煩惱＝悩んでいる」。て形變化規則詳見 p.26。

041

單元 4

公園・公園
こう えん
koo en

*由此開始依順時針方向閱讀

- 子供の遊び場 (ko do mo no aso bi ba) 兒童遊戲區
- 芝生 (shiba fu) 草地
- ピクニック (pi ku ni kku) 野餐
- 池 (ike) 池塘
- 犬の散歩 (inu no san po) 遛狗
- ジョギング (jo gin gu) 慢跑
- 朝 体操をする (asa tai soo o su ru) 做早操
- イベント (i ben to) 活動

1 芝生

芝生 を 踏まない で！
shiba fu o fu ma na i de

請勿踐踏草地！

動詞變化

ない形（否定形）

要表現「不做……」的動作狀態，動詞要從 [原形] 的「踏＝踏む」，變成 [否定形] 的「不踏＝踏まない」，否定形變化規則詳見 p. 19。

而「否定形＋で」變成了「<u>請不要做……</u>」的句型。

MP3

042

2 ピクニック

きのう、こうえん で ピクニック を した。
ki noo   koo enn de pi ku ni kku o shi ta
昨天在公園野餐。

あした の ピクニック を 楽しみ に している。
ashi ta no pi ku ni kku o tano shi mi ni shi te i ru
很期待明天的野餐。

3 犬の散歩

犬の散歩 は 飼い主 の 日課 になる。
inu no san po wa ka i nushi no ni kka ni na ru
遛狗成為飼主每天必做的事。

> **補充說明**
> 名詞
> にっか
> 日課　每天必做的事

4 イベント

公園では いろいろな イベント を やっている。
koo en de wa   i ro i ro na i be n to o ya tte i ru
公園舉辦了各式各樣活動。

> **延伸單字**　公園會舉辦哪些活動呢？
>
> | コンサート | 写生コンペ | 献血 | 健康診断 |
> |---|---|---|---|
> | ko n sa a to | sha sei ko n pe | ken ketsu | ken koo shin dan |
> | 音樂會 | 寫生比賽 | 捐血 | 健檢 |

> **補充說明**
> 名詞
> けんこうしんだん
> 健康診断 → 基本健檢（學校、公司規定的健檢，通常免費）
> にんげん
> 人間ドック → 精密健檢（醫院的自費健檢，通常要花一整天）

043

5 朝 体操をする

お爺さんは 毎日 朝 体操 をする。
o jii san wa mai nichi asa tai soo o su ru

爺爺每天做早操。

延伸單字 早上的公園，還會看到哪些活動呢？

ダンスをする	将棋を指す	合気道をする	太極拳をする
dan su o su ru	shoo gi o sa su	ai ki doo o su ru	tai kyoku ken o su ru
跳舞	下棋	練合氣道	打太極拳

6 ジョギング

私は 毎日 ジョギング しながら 音楽 を 聞く。
watashi wa mai nichi jo gi n gu shi na ga ra on gaku o ki ku

我每天一邊慢跑，一邊聽音樂。

句型解說

一邊 動詞1，一邊 動詞2。＝ 動詞1 ながら、動詞2。

「一邊……，一邊……」的句型裡，[動詞1] 要變成ます形，再加ながら。ます形變化規則詳見 p.22。句型練習如下：

- [泣く／言う] → 泣き ながら、言う。 ＝一邊哭，一邊說。
- [歩く／食べる] → 歩き ながら、食べる。 ＝一邊走，一邊吃。

7 池

池に蓮の花が咲いた。
ike ni hasu no hana ga sa i ta

池塘裡，蓮花盛開。

子供は池に近づかないように。
ko domo wa ike ni chika du ka na i yo o ni

小孩不要接近池塘。

補充說明

動詞
咲く 開花　近づく 接近

8 子供の遊び場

この公園には子供の遊び場があるか。
ko no koo en ni wa ko domo no aso bi ba ga a ru ka

這個公園有兒童遊戲區嗎？

延伸單字 公園的兒童遊戲區，有哪些設施呢？

ブランコ	滑り台	鉄棒	シーソー
bu ra n ko	sube ri dai	tetsu boo	shi i soo
盪鞦韆	溜滑梯	單槓	翹翹板

045

單元 5

学校 · 學校
がっこう / ga kkoo

*由此開始依順時針方向閱讀

卒業 そつぎょう / sotsu gyoo 畢業	**先生** せんせい / sen sei 老師	**学生** がくせい / gku sei 學生
学園祭 がくえんさい / gaku en sai 校慶園遊會	ELEMENTARY SCHOOL	**授業** じゅぎょう / ju gyoo 課
教室 きょうしつ / kyoo shitsu 教室	**授業をサボる** じゅぎょう / ju gyoo o sa ba ru 翹課	**給食** きゅうしょく / kyuu shoku 營養午餐

1 先生

私 の 夢は 先生 に なる ことだ。
わたし　　ゆめ　　　せんせい
watashi no yume wa sen sei ni na ru ko to da

我的夢想是成為老師。

延伸單字　除了成為老師，還想成為哪些人呢？

弁護士	医者	記者	お金持ち
べんごし	いしゃ	きしゃ	おかねもち
ben go shi	i sha	ki sha	o kane mo chi
律師	醫生	記者	有錢人

MP3

2 学生

彼 は 勉強 好き な 学生 だ。
kare wa ben kyoo zu ki na gaku sei da

他是好學的學生。

補充說明

な形容詞
勉強 好き（な）
好學的

延伸單字 學生之中，有哪些不同的身分呢？

先輩	後輩	学級委員	当番
sen pai	koo hai	ga kkyuu i in	too ban
學長姐	學弟妹	班長	值日生

3 授業

さあ、今日 の 授業 を 始めましょう！
sa a kyoo no ju gyoo o haji me ma sho o

那麼，開始今天的課吧！

延伸單字 小學有哪些基礎課程呢？

国語	算数	社会	理科
koku go	san suu	sha kai	ri ka
國語	數學	社會	自然

4 給食

家の ご飯 は おいしい が、給食 は もっと おいしい。
uchi no go han wa o i shi i ga kyuu shoku wa mo tto o i shi i

雖然家裡的飯好吃,但學校的營養午餐更好吃。

句型解説

雖然 句子1,但 句子2。= 句子1 が、句子2。
前後句子之間用 [が] 銜接,表現前後句意的 [轉折],有 [但是／然而] 的意思。句型練習如下:

◆ [私は緊張している／彼は全然平気]
　→私は緊張しているが、彼は全然平気。
　　わたし きんちょう　　　　　かれ ぜんぜんへいき

　＝我很緊張,但他完全冷靜。

5 授業をサボる

授業を サボった こと は、一度 も ない。
ju gyoo o sa bo tta ko to wa ichi do mo na i

翹課這種事,一次也沒有過。

延伸單字 關於課程,還有哪些相關的動作呢?

授業を受ける	授業をする	授業を取る	授業を休む
ju gyoo o u ke ru	ju gyoo o su ru	ju gyoo o to ru	ju gyoo o yasu mu
(學生)上課	(老師)上課	選課	停課

048　MP3

6 教室

音楽 教室 に 集合 して ください。
on gaku kyoo shitsu ni shuu goo shi te ku da sa i

請在音樂教室集合。

延伸單字 校園裡除了教室，還有哪些設施呢？

図書館	体育館	保健室	購買
to sho kan	tai iku kan	ho ken shitsu	koo bai
圖書館	體育館	健康中心	福利社

補充說明

名詞

購買 →（小學／中學）福利社　｜　生協 →（大學）福利社

7 学園祭

年 に 一度 の 学園祭 は とても 賑やか だ。
nen ni ichi do no gaku en sai wa to te mo nigi ya ka da

一年一度的校慶園遊會非常熱鬧。

補充說明

な形容詞

賑やか（な）　熱鬧的

8 卒業

兄 は この 学校 から 卒業 する。
ani wa ko no ga kkoo ka ra sotsu gyoo su ru

（我）哥哥將從這所學校畢業。

兄 の 卒業式 に 参加 しない？
ani no sotsu gyoo shiki ni san ka shi na i

要不要參加（我）哥哥的畢業典禮呢？

單元 6 会社 (kai sha) · 公司

＊由此開始依順時針方向閱讀

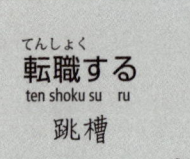

てんしょく 転職する ten shoku su ru 跳槽	じむしょ 事務所 ji mu sho 辦公室	えいぎょうぶ 営業部 ei gyoo bu 業務部
でんわ で 電話に出る den wa ni de ru 接電話		じょうし 上司 joo shi 主管
しゅっきん 出勤する shu kkin su ru 上班	き コピー機 ko pi i ki 影印機	しゃいん 社員 sha in 員工

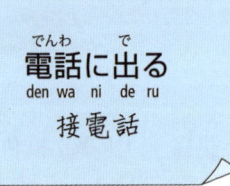

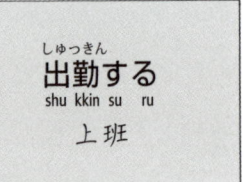

1 事務所

へいしゃ　の　じむしょ　は　まち　の　ちゅうしんぶ　に　あります。
hei sha no ji mu sho wa machi no chuu shin bu ni a ri ma su

我們公司的辦公室位於市中心。

補充說明

名詞
まち ちゅうしんぶ
街の中心部　市中心

延伸單字 辦公室裡，有哪些空間呢？

うけつけ 受付 uke tsuke 櫃台	かいぎしつ 会議室 kai gi shitsu 會議室	そうこ 倉庫 soo ko 倉庫	きゅうとうしつ 給湯室 kyuu too shitsu 茶水間

MP3

2 営業部

私 は 営業部 に 所属 しています。
watashi wa eigyoobu ni shozoku shite imasu

我隸屬業務部。

註：商業用語要用敬語，所以用しています（敬體），而不是している（常體）。

延伸單字 除了業務部，還有哪些部門呢？

生産部	企画部	情報部	経理部
sei san bu	ki kaku bu	joo hoo bu	kei ri bu
生產部	企劃部	資訊部	會計部

3 上司

上司 に 進捗 を 報告 する。
joo shi ni shin choku o hoo koku su ru

向主管報告進度。

補充說明

| 名詞 | 進捗 | 進度 |

延伸單字 公司裡，有哪些職稱的主管呢？

会長	社長	部長	課長
kai choo	sha choo	bu choo	ka choo
董事長	總經理	經理	課長

051

4 社員

私(わたし) は 一人前(いちにんまえ) の 社員(しゃいん) に なりたい。
watashi wa ichi nin mae no sha in ni na ri ta i

我想成為獨當一面的員工。

> **補充說明**
> 名詞　一人前(いちにんまえ)　獨當一面（也可當成量詞，意思為「一人份」）

5 コピー機

この コピー機(き) は どうやって 使(つか)う か。
ko no ko pi l ki wa do o ya tte tsuka u ka

這台影印機要怎麼用？

延伸單字 辦公室裡，還有哪些事務用機器呢？

プリンター	プロジェクター	ファックス	コンピューター
pu rin ta a	pu ro je kku ta a	fa kku su	kon pu u ta a
印表機	投影機	傳真	電腦

6 出勤する

主人(しゅじん) は よく 休日(きゅうじつ) に 出勤(しゅっきん)する。
shu jin wa yo ku kyuu jitsu ni shu kkin su ru

（我）老公常常在假日上班。

延伸單字 除了上班，還能聯想到哪些動作呢？

残業(ざんぎょう)する	退勤(たいきん)する	出張(しゅっちょう)する	接待(せったい)する
zan goo su ru	tai kin su ru	shu cchoo su ru	se ttai su ru
加班	下班	出差	應酬

MP3

7 電話に出る

毎日（まいにち）の 仕事（しごと）は 電話（でんわ）に 出る（でる） ことしかない。
mai nichi no shi goto wa den wa ni de ru ko to shi ka na i

（我）每天的工作只有接電話。

延伸單字 工作上，還有哪些雜事呢？

名刺（めいし）を渡す（わたす）	顧客（こきゃく）に謝る（あやまる）	お茶（ちゃ）を入れる（いれる）	資料（しりょう）を送る（おくる）
mei shi o wata su	ko kyaku ni ayama ru	o cha o i re ru	shi ryoo o oku ru
遞名片	向顧客道歉	倒茶	寄送資料

句型解說

只有／只能 ＿＿＿＿。＝ ＿＿＿＿しかない。

「只能／只有……」的句型空格裡，要放入 [名詞] 或是 [動詞原形]，表示別無選擇、帶有遺憾的意思。例如：

◆ 名詞　　只有 [三分鐘]。　＝ 三分（さんぷん） しかない。

◆ 動詞原形　只能 [放棄]。　＝ 諦める（あきらめる） しかない。

8 転職する

会社（かいしゃ）の 景気（けいき）が 悪い（わるい）から、転職する（てんしょくする）しかない。
kai sha no kei ki ga waru i ka ra ten shoku su ru shi ka na i

因為公司不景氣，（我）只能跳槽。

延伸單字 除了跳槽，還有哪些職務異動相關單字呢？

昇進する（しょうしんする）	転勤する（てんきんする）	仕事（しごと）をやめる	リストラする
shoo shin su ru	ten kin su ru	shi goto o ya me ru	ri su to ra su ru
升職	調職	辭職	裁員

單元 7 通勤途中・通勤途中
tsuu kin to chuu

＊由此開始依順時針方向閱讀

- 降りる（おりる） o ri ru　下車
- 道を渡る（みち を わたる） michi o wata ru　過馬路
- 信号（しんごう） shin goo　紅綠燈
- 携帯をいじる（けいたい を いじる） kei tai o i ji ru　玩手機
- 改札口（かいさつぐち） kai satsu guchi　驗票口
- 乗り換える（のりかえる） no ri ka e ru　轉乘
- ホーム ho o mu　月台
- 電車に乗る（でんしゃ に のる） den sha ni no ru　搭電車

1 道を渡る

気をつけて 道を渡って ください。
ki o tsu ke te　michi o wata tte　ku da sa i

請小心過馬路。

延伸單字　除了穿過馬路，還能穿過哪些交通設施呢？

交差点（こうさてん） koo sa ten	踏み切り（ふみきり） fu mi ki ri	歩道橋（ほどうきょう） ho doo kyoo	地下通路（ちかつうろ） chi ka tsuu ro
十字路口	平交道	天橋	地下道

MP3

054

2 信号

信号（しんごう）を 無視（むし）する な。
shin goo o mu shi su ru na
請勿闖紅綠燈。

延伸單字 紅綠燈裡，有哪些燈號呢？

赤信号（あかしんごう）	青信号（あおしんごう）	黄色信号（きいろしんごう）	右折信号（うせつしんごう）
aka shin goo	ao shin goo	ki iro shin goo	u setsu shin goo
紅燈	綠燈	黃燈	右轉燈

註：日本是靠左行駛（右駕車），所以右轉燈較為常見，與台灣相反。

3 改札口

コイン・ロッカー は 改札口（かいさつぐち）を 出（で）て、右側（みぎがわ）です。
ko in ro kka a wa kai satsu guchi o de te migi gawa de su
寄物櫃在出了驗票口的右邊。

改札口（かいさつぐち）を 入（はい）って 左手（ひだりて）に トイレ がある。
kai satsu guchi o hai tte hidari te ni to i re ga a ru
過了驗票口的左邊有廁所。

4 電車に乗る

電車（でんしゃ）に 乗（の）って 実家（じっか）に 帰（かえ）る。
den sha ni no tte ji kka ni kae ru
搭電車回老家。

補充說明

名詞	
実家（じっか）	老家

延伸單字 除了搭電車，還可以搭乘哪些交通工具呢？

バス	タクシー	新幹線（しんかんせん）	飛行機（ひこうき）
ba su	ta ku shi i	shin kan sen	hi koo ki
公車	計程車	新幹線	飛機

055

5 ホーム

<ruby>駅<rt>えき</rt></ruby>の ホーム で <ruby>彼氏<rt>かれし</rt></ruby> と <ruby>別<rt>わか</rt></ruby>れた。
eki no　hoo mu　de　kare shi　to　waka re ta

在車站月台跟男朋友分開了。

> **動詞變化**
>
> た形（過去形／完了形）
>
> 要表現「已經……」的動作完了狀態，動詞要從 [原形] 的「分開＝別れる」，變成 [過去形] 的「分開了＝別れた」。た形變化規則與て形變化規則相同，詳見 p. 27。

6 乗り換える

<ruby>浅草<rt>あさくさ</rt></ruby> へ <ruby>行<rt>い</rt></ruby>くなら、3<ruby>番線<rt>ばんせん</rt></ruby> の <ruby>電車<rt>でんしゃ</rt></ruby> に <ruby>乗<rt>の</rt></ruby>り<ruby>換<rt>か</rt></ruby>えて ください。
asa kusa　he　i ku na ra　san ban sen　no　den sha　ni　no ri ka e te　ku da sa i

要去淺草的話，請轉乘3號線。

> **補充說明**
>
> 名詞
>
> <ruby>乗<rt>の</rt></ruby>り<ruby>換<rt>か</rt></ruby>え → 轉乘（不同交通系統間）
>
> <ruby>乗<rt>の</rt></ruby>り<ruby>継<rt>つ</rt></ruby>ぎ → 轉乘（同一交通系統間，不換票。ex.飛機轉機）

7 携帯をいじる

<ruby>通勤中<rt>つうきんちゅう</rt></ruby>、<ruby>彼<rt>かれ</rt></ruby> は <ruby>携帯<rt>けいたい</rt></ruby> をいじって ばかり いる。
tsuu kin chuu　kare wa　kei tai　o i ji tte　ba ka ri　i ru

通勤時，他一直在玩手機。

延伸單字
通勤途中除了可以玩手機，還可以做什麼呢？

本を読む hon o yo mu	音楽を聴く on gaku o ki ku	仮眠する ka min su ru	日本語を勉強する ni hon go o ben kyoo su ru
看書	聽音樂	小睡片刻	學日文

8 降りる

ここで 降りる。
ko ko de o ri ru
（我要）在這裡下車。

電車 を 降りて から かけ直す。
den sha o o ri te ka ra ka ke nao su
下了電車後，再打電話（給你）。

補充說明

[動詞]
かけ直す　　重新打電話

句型解說

__動詞 1 後，再 動詞 2。＝ 動詞 1 て から、動詞 2。

此句型強調兩個動作的先後順序。在「……後，再……」的句型裡，[動詞 1] 要變成て形，再加から。て形變化規則詳見 p.26。句型練習如下：

◆ [聞く／判断する] → 聞いてから、判断する。 ＝聽完後，再判斷。
◆ [見る／書く] → 見てから、書く。 ＝看完後，再寫。

057

單元 8

郵便局・郵局
ゆう びん きょく
yuu bin kyoku

*由此開始依順時針方向閱讀

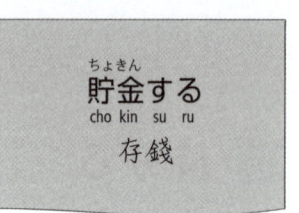

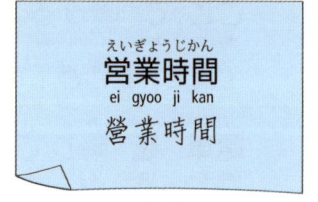

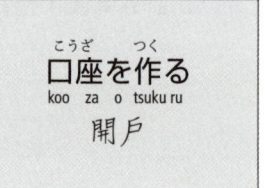

じゅうしょ 住所 juu sho 地址	まどぐち 窓口 mado guchi 窗口	ちょきん 貯金する cho kin su ru 存錢
てがみ おく 手紙を送る te gami o oku ru 寄信	 POST OFFICE	えいぎょうじかん 営業時間 ei gyoo ji kan 營業時間
そうりょう 送料 soo ryoo 運費	こづつみ とど 小包が届く ko dutsumi ga todo ku 包裹寄達	こうざ つく 口座を作る koo za o tsuku ru 開戶

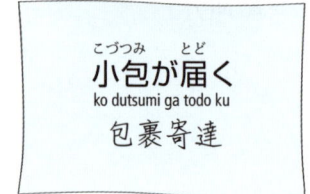

1 窓口

ゆうびん まどぐち と あつか ご じ
郵便 窓口 で の 取り扱い は 5時 までだ。
yuu bin mado guchi de no to ri atsuka i wa go ji ma de da

郵務窗口的辦理時間到5點。

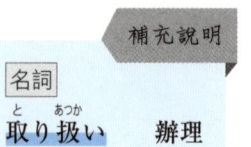

補充說明

名詞
と あつか
取り扱い　辦理

2 貯金する

貯金したい んですが。
cho kin shi ta i n de su ga

我想存錢（你可以幫忙嗎）。

延伸單字 到金融機構除了存錢，還可以做什麼？

お金を下ろす	振り込む	両替する	ローンを組む
o kane o o ro su	fu ri ko mu	ryoo gae su ru	ro o n o ku mu
領錢	匯錢	換外幣	貸款

句型解說

我想__動詞__（你可以幫忙嗎）。＝__動詞__たいんですが。

這是請求對方幫忙的句型。在「我想……（你可以幫忙嗎）」的句型裡，第一步，先將[動詞]改成ます形後加たい，表示「想做……」，也就是「貯金する→貯金します→貯金したい」。第二步，再在「貯金したい」後面加んです，表示「說明原委」。第三步，再在「貯金したいんです」後面加が，表示「那麼，你可以幫忙嗎」的請求語意。

動詞ます形變化規則詳見 p. 22。句型練習如下：

◆ [ここに行く] → ここに行きたいんですが。 我想去這裡（你可以幫忙嗎）。
◆ [写真を撮る] → 写真を撮りたいんですが。 我想要拍照（你可以幫忙嗎）。

---

3 営業時間

銀行 の 営業時間 は 何時から 何時まで？
gin koo no ei gyoo ji kan wa nan ji ka ra nan ji ma de

銀行的營業時間是從幾點到幾點？

補充說明

助詞	
～から 從～	～まで 到～

4 口座を作る

口座 を 作る 手続きって 何 ですか？
koo za o tsuku ru te tsudu ki tte nan de su ka

所謂的開戶手續是什麼？

句型解說

所謂 名詞1，是 句子2。＝名詞1って、句子2。

「所謂……，是……」的句型裡，[名詞1] 後面要加 って，是 というのは 的口語化，中文是「所謂」的意思。句型練習如下：

◆ [恋／賞味期限がある] → 恋って、賞味期限がある。
　　　　　　　　　　　　　＝所謂戀愛，是有保存期限的。
◆ [ペット／家族だ] → ペットって、家族だ。
　　　　　　　　　　　＝所謂寵物，就是家人。

5 小包が届く

書留 の 小包 が届いた。
kaki tome no ko dutsumi ga todo i ta

掛號的包裹已經寄到了。

延伸單字 郵件或包裹會以哪些方式寄到呢？

書留	速達	宅配	国際速達
kaki tome	soku tatsu	taku hai	koku sai souk tastu
掛號	限時	宅配	國際快遞

MP3

6 送料

この値段(ねだん)は送料(そうりょう)込(こ)みなの？
ko no ne dan wa soo ryoo ko mi na no

這個價錢含運費嗎？

ネット通販(つうはん)は通年(つうねん)送料(そうりょう)無料(むりょう)だ。
ne tto tsuu han wa tsuu nen soo ryoo mu ryoo da

網路購物一整年免運費。

> 補充說明
> 名詞
> ネット通販(つうはん) 網路購物

7 手紙を送る

元彼(もとかれ)に手紙(てがみ)を送(おく)るつもりだ。
moto kare ni te gami o oku ru tsu mo ri da

我打算寄信給前男友。

> 延伸單字 說到寄信，會聯想到哪些單字呢？
>
> | 切手(きって) | ポスト | 封筒(ふうとう) | 便箋(びんせん) |
> | ki tte | po su to | fuu too | bin sen |
> | 郵票 | 郵筒 | 信封 | 信紙 |

8 住所

住所(じゅうしょ)を書(か)き間違(まちが)えないように。
juu sho o ka ki machi ga e na i yo o ni

希望不要寫錯地址。

> 補充說明
> 複合動詞
> 寫＋錯＝書(か)き＋間違(まちが)える＝書(か)き間違(まちが)える 寫錯

> 延伸單字 寄件時除了地址，還要填寫什麼呢？
>
> | 受取人(うけとりにん) | 郵便番号(ゆうびんばんごう) | 差出人(さしだしにん) | 到着日(とうちゃくび) |
> | uke tori nin | yuu bin ban goo | sashi dashi nin | too chaku bi |
> | 收件人 | 郵遞區號 | 寄件人 | 送達日 |

單元 9 美容室・美髮院
びようしつ
bi yoo shitsu

* 由此開始依順時針方向閱讀

髪質（かみしつ）kami shitsu　髪質

料金表（りょうきんひょう）ryoo kin hyoo　收費表

流行る（はやる）ha ya ru　流行

シャンプー sha n puu　洗髮精

髪を切る（かみをきる）kami o ki ru　剪髮

スタイリスト su ta i ri su to　髮型設計師

髪を染める（かみをそめる）kami o so me ru　染髮

パーマをかける paa ma o ka ke ru　燙髮

1 料金表

料金表（りょうきんひょう）を 見（み）せて ください。
ryoo kin hyoo o mi se te ku da sa i
請拿收費表給我看。

延伸單字　美容院收費表上，各項服務會以下列簡稱表示：

カット ka tto	カラー ka raa	パーマ paa ma	シャンプー sha n puu
剪髮	染髮	燙髮	洗髮

MP3

2 流行る

最近、この 髪型 が 流行っている。
さいきん　　　かみがた　　　　　は や
sai kin ko no kami gata ga ha ya tte i ru

最近，這種髮型正流行。

動詞變化

ている形（正在持續形）

要表現動作的<u>正在持續狀態</u>，動詞要從 [原形] 變成 [正在持續形 ている形]，所以「流行＝流行る」會變成「正在流行＝流行っている」。て形變化規則詳見 p.26。

3 髪を切る

写真 のように 髪 を 切りたい。
しゃしん　　　　　　　かみ　　き
sha shin no yo o ni kami o ki ri ta i

（我）想把頭髮剪成照片那樣。

延伸單字　剪髮時，可能會提出哪些要求呢？

前髪を切る	レイヤーを入れる	髪をすく	短くする
まえがみ　き	れい　　　　　い	がみ	みじか
mae gami o ki ru	re i ya a o i re ru	kami o su ku	mijika ku su ru
剪瀏海	剪層次	打薄	剪短

句型解說

（我）想＿動詞＿。＝＿動詞＿たい。

在「我想做……」的句型裡，先將 [動詞] 改成ます形，去掉ます，後加たい，也就是「切る→切ります→切りたい」。動詞ます形變化規則詳見 p.22。句型練習如下：

◆ [帰る]　→　帰りたい。＝我想回家。
◆ [忘れる]　→　忘れたい。＝我想忘記。

4 パーマをかける

手入れが **簡単**な **パーマ**を かけたい。
te i re ga kan tan na pa a ma o ka ke ta i

（我）想燙好整理的頭髮。

> 補充說明
> な形容詞
> 手入れ簡単（な）
> 好整理的

延伸單字 燙髮時，可能會提到哪些單字呢？

縮毛矯正	天然パーマ	毛先パーマ	エアーウェーブ
shuku moo kyoo sei	ten nen pa a ma	ke saki pa a ma	e a a we e bu
離子燙	自然捲	髮尾燙	空氣燙

5 髪を染める

髪を **アッシュ系**に **染め**たい。
kami o a sshu kei ni so me tai

（我）想染髮染成灰色系。

> 補充說明
> 名詞
> アッシュ系　灰色系

延伸單字 染髮時，還有哪些常見的色系呢？

オレンジ系	ブラウン系	レッド系	ピンク系
o ren ji kei	bu ra un kei	re ddo kei	pi n ku kei
橘色系	咖啡色系	紅色系	粉紅色系

6 スタイリスト

この **スタイリスト**は **セレブ**に **大人気**だ。
ko no su ta i ri su to wa se re bu ni dai nin ki da

這位髮型設計師大受貴婦歡迎。

スタイリストが **指名**できる？
su ta i ri su to ga shi mei de ki ru

可以指定髮型設計師嗎？

> 補充說明
> 名詞
> セレブ　貴婦
> 動詞
> 指名する　指定

MP3

7 シャンプー

この シャンプー は 頭皮 の 痒み に 効く。
Ko no sha n pu u wa too hi no kayu mi ni ki ku

這罐洗髮精對改善頭皮癢有效。

> 補充說明
> 句型 ～に効く 對～有效

延伸單字　除了洗髮精，還有哪些髮類產品呢？

リンス	トリートメント	スプレー	ムース
ri n su	to ri i to me n to	su pu re e	mu u su
潤絲精	護髮乳	造型噴霧	慕斯

8 髪質

食生活 を 変える と、髪質 が よくなる。
shoku sei katsu　o　ka e ru to　kami shitsu ga yo ku na ru

改變飲食習慣，髮質就會變好。

延伸單字　說到髮質,有哪些應該改善的狀況呢？

ダメージ	枝毛	抜け毛	乾燥
da me e ji	eda ge	nu ke ge	kan soo
受損	分岔髮	掉髮	乾燥

單元 10 海に行く・去海邊
うみ に い
umi ni i ku

＊由此開始依順時針方向閱讀

のんびり no n bi ri 悠閒自在

サーフィン sa a fi n 衝浪

リゾートホテル ri so o to ho te ru 渡假飯店

カクテルを飲む ka ku te ru o no mu 喝調酒

水泳 すいえい sui ei 游泳

ビキニ bi ki ni 比基尼

日の出を見る ひ で み hi no de o mi ru 看日出

日焼け止めを塗る ひ や ど ぬ hi ya ke do me wo nu ru 擦防曬乳

1 サーフィン

サーフィン を 体験した こと が ない。
sa a fi n o tai ken shi ta ko to ga na i
たいけん
我不曾體驗過衝浪。

延伸單字　除了衝浪，還有哪些水上活動呢？

シュノーケリング	ダイビング	バナナボート	マリンジェット
shu no o ke ri n gu	da i bi n gu	ba na na bo o to	ma ri n je tto
浮潛	潛水	香蕉船	水上摩托車

MP3

2 リゾートホテル

海が見えるリゾートホテルを予約した
umi ga mieru risoo to hoteru o yoyaku shi ta

（我）預約了看得到海的渡假飯店。

リゾートホテルのお客なら、ビーチチェアが使える。
ri zoo to hoteru no o kyaku nara bii chi chea ga tsuka e ru

如果是渡假飯店的客人，就能使用沙灘椅。

延伸單字 海邊渡假村還會提供哪些設施給住客使用呢？

プール	シャワールーム	パラソル	浮き輪
pu ru	sha waa ruu mu	pa ra so ru	u ki wa
游泳池	淋浴間	大陽傘	游泳圈

---

3 水泳

水泳の息継ぎが出来ない。
sui ei no iki tsu gi ga de ki nai

（我）不會游泳的換氣。

補充說明

| 動名詞 | 息継ぎ | 換氣 | 句型 | 〜が出来ない | 不會〜 |

延伸單字 說到游泳，想到哪些姿勢呢？

平泳ぎ	背泳ぎ	クロール	バタフライ
hira oyo gi	se oyo gi	ku oo ru	ba ta fu ra i
蛙式	仰式	自由式	蝶式

067

4 日焼け止めを塗る

紫外線 を カットする ため、日焼け止め を 塗る べきだ。
shi gai sen o ka tto su ru ta me hi ya ke do me o nu ru be ki da

為了屏蔽紫外線，應該要塗防曬乳。

延伸單字 要對抗紫外線，除了擦防曬乳，還能做什麼呢？

サングラスをかける	日傘を差す	帽子をかぶる	パーカーを着る
sa n gu ra su o ka ke ru	hi gasa o sa su	boo shi o ka bu ru	pa a ka a o ki ru
戴太陽眼鏡	撐陽傘	戴帽子	穿連帽外套

---

5 日の出を見る

元旦 に 日の出 を 見た こと が ない。
gan tan ni hi no de o mi ta ko to ga na i

（我）不曾在一月一號看過日出。

句型解說

不曾___動詞___。＝___動詞 た形___ ことがない。

在「不曾……」的句型裡，先將[動詞]改成た形，後加事情的こと，再加沒有的ない，也就是「見る（看）→見た（看了）→見たこと（看了這件事）→見たことがない（沒有看了這件事）＝不曾看過……」。

動詞た形變化規則詳見 p. 27。句型練習如下：

◆ [嘘をつく] → 嘘をついた ことがない。　不曾說謊。
◆ [日本に行く] → 日本に行った ことがない。　不曾去日本。

068　MP3

6 ビキニ

ビーチ の 定番(ていばん) ルック は ビキニ だ。
bi i chi no tei ban ru kku wa bi ki ni da

沙灘的標準穿搭是比基尼。

補充說明
| 名詞 | 定番(ていばん) | 經典／標準／常見 | ルック | 穿搭 |

延伸單字 除了比基尼，海邊還有哪些常見的穿搭呢？

短(たん)パン	ビーチサンダル	ノースリーブ	キャミソール
tan pan	bi i chi san da ru	no o su ri i bu	kya mi so o ru
短褲	夾腳拖	無袖	吊帶背心

7 カクテルを飲む

ビーチ で カクテル を 飲(の)む のは 最高(さいこう) だ！
bi i chi de ka ku te ru o no mu no wa sai koo da

在沙灘喝調酒是最棒的享受！

延伸單字 海邊除了調酒，還有哪些常見的飲料呢？

ジュース	コーラ	シャンパン	ビール
ju u su	ko o ra	sha n pa n	bi i ru
果汁	可樂	香檳	啤酒

8 のんびり

定年生活(ていねんせいかつ) を のんびり と 過(す)ごしたい。
tei nen sei katsu o no n bi ri to su go shi tai

（我）想悠閒自在地過著退休生活。

補充說明
| 名詞 | 定年(ていねん) | 退休 |

II

日常活動篇

單元 11 性格・個性
せい かく
sei kaku

*由此開始依順時針方向閱讀

ひとみし 人見知り（な） hito mi shi ri na 怕生的	やさ 優しい yasa shi i 溫柔的	まじめ 真面目（な） ma ji me na 認真的
たんき 短気（な） tan ki na 沒耐心的		こだわる ko da wa ru 堅持
ゆうじゅうふだん 優柔不斷 yuu juu fu dan 優柔寡斷	しぐさ 仕草 shi gusa 舉止	あか 明るい aka ru i 開朗的

1 優しい

かのじょ　の　やさしい　えがお　が　すき　だ。
彼女 の 優しい 笑顔 が 好き だ。
kano jo no yasa shi i e gao ga su ki da

（我）喜歡她溫柔的笑容。

延伸單字 說到溫柔，還想到哪些相近的形容詞呢？

しんせつ 親切（な） shin setsu na 親切的	やわ 柔らかい yawa ra ka i 柔和的	あたた 暖かい atata ka i 溫暖的	あいそ 愛想がいい ai so ga i i 和藹可親的

註：形容詞又分成字尾有い的「い形容詞」，與字尾無い的「な形容詞」。い形容詞後，直接＋名詞；な形容詞後，先＋な再＋名詞。

MP3

2 真面目（な）

彼 の 真面目 な ところ に 惹かれて しまう。
kare no majime na tokoro ni hikarete shimau

（我）完全被他認真的地方給吸引。

延伸單字 說到認真，還想到哪些相近的形容詞呢？

几帳面（な）	細かい	頼もしい	厳しい
ki choo men na	koma ka i	tano mo shi i	kibi shi i
一絲不苟的	吹毛求疵的	可靠的	嚴格的

動詞變化

てしまう形（完全徹底形）

要表現動作做到完全徹底的狀態，動詞要從 [原形] 變成 [完全徹底形 てしまう形]，也就是從 [被吸引＝惹かれる] 變成 [完全被吸引＝惹かれてしまう]。動詞て形變化後，加しまう。て形變化規則詳見 p. 26。

---

3 こだわる

この ブランド は 手作り に こだわる。
ko no bu ra n do wa teduku ri ni ko da wa ru

這個品牌堅持手工製作。

自分 の 意見 に こだわらない。
ji bun no i ken ni ko da wa ra na i

不堅持己見。

動詞變化

ない形（否定形）

要表現「不做……」的動作狀態，動詞要從 [原形] 的 [堅持＝こだわる]，變成 [否定形] 的 [不堅持＝こだわらない]，否定形變化規則詳見 p. 19。

073

4 明るい

明るい 人 と 付き合いたい。
aka ru i hito to tsu ki ai tai

（我）想跟開朗的人交往。

私 の 理想 の タイプ は 明るくて 面白い 人 だ。
watashi no ri soo no ta i pu wa aka ru ku te omo shiro i hito da

我的理想型是既開朗又有趣的人。

延伸單字 說到開朗，還想到哪些相近的詞呢？

元気（な）	前向き（な）	ニコニコする	楽観的（な）
gen ki na	mae mu ki na	ni ko ni ko su ru	ra kkan teki na
有朝氣的	正面的	笑咪咪	樂觀的

句型解說

既 ＿ 形容詞1 又 ＿ 形容詞2 。＝形容詞1 くて／で 形容詞2。

「既……又……」的句型裡，[形容詞1] 如果是い形容詞，要去い加くて；[形容詞1] 如果是な形容詞，要加で。[形容詞2] 則不做任何改變。句型練習如下：

- ◎ [甘い／酸っぱい] → 甘くて 酸っぱい ＝既甜又酸
- ◎ [静か／快適] → 静かで 快適 ＝既安靜又舒適

5 仕草

兄 は 緊張する ときに、あの 仕草 が 現れる。
ani wa kin choo su ru to ki ni a no shi gusa ga arawa re ru

我哥哥緊張時，就會出現那種舉止。

延伸單字 說到緊張的舉止，會想到哪些行為呢？

首を触る	瞬きする	固唾を呑む	深呼吸する
kubi o sawa ru	mabata ki su ru	kata zu o no mu	shin ko kyuu su ru
摸脖子	眨眼	吞口水	深呼吸

6 優柔不断

姉は優柔不断な性格を直したい。
ane wa yuu jyuu fu dan na sei kaku o nao shi ta i

我姐姐想改掉優柔寡斷的個性。

> 補充說明
> [動詞]
> 直す　更改／修正
> 見逃す　錯失

優柔不断のせいで、今回のチャンスを見逃した。
yuu jyuu fu dan no se i de kon kai no cha n su o mi noga shi ta

都怪優柔寡斷的個性，才會錯失這次機會。

7 短気（な）

弟は短気な人だ。
otooto wa tan ki na hito da

我弟弟屬於沒耐心的人。

> **延伸單字** 說到沒耐心，還想到哪些相近的詞呢？
>
> | 怒りやすい | そそっかしい | イライラする | 不機嫌（な） |
> |---|---|---|---|
> | oko ri ya su i | so so kka shi i | i ra i ra su ru | fu ki gen na |
> | 易怒的 | 輕率的 | 焦慮 | 不悅的 |

8 人見知り（な）

妹は人見知りで考えすぎだ。
imooto wa hito mi shi ri de kanga e su gi da

我妹妹既怕生又想太多。

> **延伸單字** 說到怕生，還想到哪些相近的形容詞呢？
>
> | 照れ臭い | 内気（な） | 臆病（な） | 無口（な） |
> |---|---|---|---|
> | te re kusa i | uchi ki na | oku byoo na | mu kuchi na |
> | 害羞的 | 內向的 | 膽小的 | 寡言的 |

單元 12 グルメ・美食
gu ru me

*由此開始依順時針方向閱讀

回転寿司 かいてんずし kai ten zu shi 迴轉壽司	席に案内する せき あんない seki ni an nai su ru 帶位	注文する ちゅうもん chuu mon su ru 點餐
うどん u don 烏龍麵		メニュー me nyu u 菜單
丼 どん don 蓋飯	ラーメン ra a men 拉麵	食べ放題 た ほうだい ta be hoo dai 吃到飽

1 席に案内する

席に案内します ので、こちらへどうぞ。
seki ni an nai shi ma su no de ko chi ra he do o zo

我來帶位,請走這邊。

註:服務業用語要用敬語,所以用案内します(敬體),而不是案内する(常體)。

延伸單字
餐廳裡,常見哪些種類的位子呢?

| カウンター席 せき ka u n ta a seki 吧台位 | テーブル席 せき te e bu ru seki 桌子位 | 座敷席 ざしきせき za shiki seki 和式位 | テラス席 せき te ra su seki 露臺位 |

076 MP3

2 注文する

どうやって注文する?
do o ya tte chuu mon su ru

要如何點餐呢?

延伸單字 點完餐後,還可能出現哪些動作呢?

変更する	キャンセルする	支払う	返却する
hen koo su ru	kya n se ru su ru	shi hara u	hen kyaku su ru
更改	取消	付款	歸還（餐具）

句型解說

要如何__動詞__呢？＝どうやって__動詞__？

「要如何……呢?」的句型裡,[動詞] 以 [原形] 表現即可。本書單字所列的動詞,全都是動詞原形。句型練習如下:

◆ [切符を買う] → とうやって切符を買う? ＝要如何買票呢?

◆ [ホテルに行く] → どうやってホテルに行く? ＝要如何去飯店呢?

---

3 メニュー

精進料理メニューは ありますか?
shoo jin ryoo ri me nyu u wa a ri ma su ka

有素食菜單嗎?

延伸單字 還有哪些餐飲需求,會另外製成一份菜單呢?

コース	デザート	ワイン	ソフトドリンク
ko o su	de za a to	wa i n	so fu to do ri n ku
套餐	甜點	紅酒	無酒精飲料

4 食べ放題

ここ は 食べ放題 の 店 なので、思う存分 食べて ください。
ko ko wa ta be hoo dai no mise na no de omo u zon bun ta be te ku da sa i

這裡是吃到飽的店，所以請盡情地吃。

補充說明
| 助詞 | ～ので | 因為～ |
| 副詞 | 思う存分 | 盡情地 |

延伸單字 哪些食物會打著吃到飽招牌，來吸引饕客呢？

焼肉	伊勢海老	かに	ピザ
yaki niku	i se e bi	ka ni	pi za
烤肉	龍蝦	螃蟹	披薩

5 ラーメン

ラーメン 博物館 で 様々な ラーメン を 堪能した。
ra a men haku butu kan de sama zama na ra a men o tan noo shi ta

在拉麵博物館飽嚐各式各樣的拉麵。

補充說明
| 形容詞 | 様々（な） | 各式各樣的 |
| 動詞 | 堪能する | 享受／飽嚐 |

延伸單字 常見哪些口味的拉麵呢？

豚骨	醤油	味噌	チャーシュー
ton kotsu	shoo yu	mi so	cha a shu u
豚骨	醬油	味噌	叉燒

6 丼

牛丼 の 大盛り を 一つ ください。
gyuu don no oo mo ri o hito tsu ku da sa i

請給我一個大的牛肉蓋飯。

補充說明

名詞

おお も			ちゅう も		
大盛り	→	大（碗）	中盛り	→	中（碗）
なみ も			こ も		
並盛り	→	一般（碗）	小盛り	→	小（碗）

延伸單字 常見哪些口味的蓋飯呢？

とんかつ丼	天丼	親子丼	うなぎ丼
ton ka tsu don	ten don	oya ko don	u na gi don
炸豬排蓋飯	炸蝦蓋飯	親子蓋飯	鰻魚蓋飯

7 うどん

私 の 鍋 うどん は まだ 来て いない。
watashi no nabe u don wa ma da ki te i na i

我的鍋燒烏龍麵還沒來。

延伸單字 常見哪些口味的烏龍麵呢？

きつねうどん	天ぷらうどん	カレーうどん	ざるうどん
ki tsu ne u don	ten pu ra u don	ka ree u don	za ru u don
豆皮烏龍麵	天婦羅烏龍麵	咖哩烏龍麵	烏龍涼麵

動詞變化

ていない形（尚未形）

要表現「尚未……」的動作或是狀態，動詞要從 [原形] 的 [來＝来る]，變成 [尚未形] 的 [還沒來＝来ていない]，動詞て形變化後，加いない。て形變化規則詳見 p. 26。

8 回転寿司

<ruby>昼<rt>ひる</rt></ruby> は <ruby>何<rt>なに</rt></ruby> を <ruby>食<rt>た</rt></ruby>べる か？ <ruby>回転寿司<rt>かいてんずし</rt></ruby> に しよう！
hiru wa nani o ta be ru ka　kai ten zu shi　ni shi yo o

中午要吃什麼呢？就選迴轉壽司吧！

延伸單字　常見哪些口味的握壽司呢？

サーモン	マグロ	イカ	ホタテ
sa a mo n	ma gu o	i ka	ho ta te
鮭魚	鮪魚	花枝	干貝

句型解說

就選＿名詞＿吧！＝＿名詞＿にしよう！

「……にしよう！」的句型，是從「……にする＝選擇……」演變而來，承接對象的助詞要用 に；為了表現意向，「選擇＝する」變成「選擇吧＝しよう」。意向形變化規則詳見 p. 25。句型練習如下：

◆ [<ruby>握<rt>にぎ</rt></ruby>りの<ruby>盛<rt>も</rt></ruby>り<ruby>合<rt>あ</rt></ruby>わせ] → <ruby>握<rt>にぎ</rt></ruby>りの<ruby>盛<rt>も</rt></ruby>り<ruby>合<rt>あ</rt></ruby>わせ にしよう！

＝就選（／給我） 綜合握壽司 吧！

單元 13

恋・戀愛
こい
koi

*由此開始依順時針方向閱讀

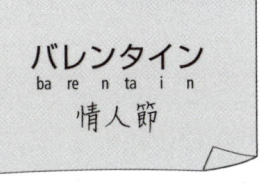

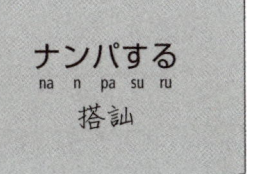

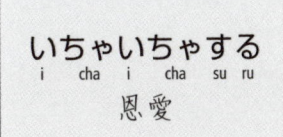

バレンタイン ba re n ta i n 情人節	合コン ごう goo ko n 聯誼	ナンパする na n pa su ru 搭訕
恋人 こいびと koi bito 戀人	♡	一目惚れ ひとめぼ hito me bo re 一見鍾情
いちゃいちゃする i cha i cha su ru 恩愛	付き合う つ あ tsu ki a u 交往	デート de e to 約會

1 合コン

今夜 の 合コン に 来ない か？
こんや　　　ごう　　　　　　こ
kon ya no goo ko n ni ko na i ka

要不要來今晚的聯誼呢？

動詞變化

ない形（否定形）

要表現「要不要做……？」的勸誘／邀約語意，動詞要從 [原形] 的 [來＝来る]，變成 [否定形] 的 [不來＋嗎＝来ない＋か]，否定形變化規則詳見 p. 19。

2 ナンパする

親友（しんゆう）は 異国（いこく）で ナンパされた らしい。
shin yuu wa i koku de nan pa sa re ta ra shi i
（我的）好朋友好像在異國被搭訕了。

> 補充說明
> 助動詞
> ～らしい　　好像～

動詞變化

された形（被動完成形）

要表現「被……了」的動作狀態，動詞要從 [原形] 的 [搭訕＝ナンパする]，變成 [被動形] 的 [被搭訕＝ナンパされる]，再變成 [完成形／た形] 的 [被搭訕了＝ナンパされた]。被動形變化規則詳見 p.20。た形變化規則詳見 p.27。

3 一目惚れ

彼女（かのじょ）に 一目惚（ひとめぼ）れして、つい告白（こくはく）しちゃった。
kano jo ni hito me bo re shi te tsu i koku haku shi cha tta
我對女友一見鍾情，不自覺就告白了。

彼氏（かれし）が 出来（でき）た！私（わたし）に 一目惚（ひとめぼ）れ した そうだ
kare shi ga de ki ta watashi ni hito me bo re shi ta soo da
我有男友了！據說他對我一見鍾情。

> 補充說明
> 動詞
> 告白（こくはく）する　告白　｜　～が出来（でき）た　有了～

延伸單字

男／女／前男／前女友，該怎麼說呢？

彼氏（かれし）	彼女（かのじょ）	元カレ（もとかれ）	元カノ（もとかの）
kare shi	kano jo	moto ka re	moto ka no
男友	女友	前男友	前女友

082　MP3

4 デート

私　にとって、遊園地 デート は 一番 楽しみ だ。
watashi ni to tte, yuu en chi de e to wa ichi ban tano shi mi da

對我來說，遊樂園約會是最令我期待的。

延伸單字 還有哪些令人期待的約會形態呢？

映画を見る	ドライブする	食事する	夜景を見る
ei ga o mi ru	do rai bu su ru	shoku ji su ru	ya kei o mi ru
看電影	兜風	吃飯	看夜景

5 付き合う

今、彼氏 と 順調に 付き合って いる。
ima kare shi to jun choo ni tsu ki a tte i ru

現在，跟男友正順利地交往。

延伸單字 戀愛的過程中，還有哪些事會發生呢？

喧嘩する	ラブラブする	分かれる	振られる
ken ka su ru	ra bu ra bu su ru	wa ka re ru	fu ra re ru
吵架	熱戀	分手	被甩

6 いちゃいちゃする

人前でいちゃいちゃするな。
hito mae de i cha i cha su ru na

不要在人前曬恩愛。

二人きりの時以外 いちゃいちゃ しない。
futa ri ki ri no toki i gai i cha i cha shi na i

除了兩人獨處的時間之外，不會黏在一塊。

補充說明

助詞	
きり	僅有

7 恋人

私 たち は 友達 から 恋人 に 発展 して きた。
watashi ta chi wa tomodachi kara koibito ni hatten shi te ki ta

我們從朋友發展成情侶。

延伸單字 常見從哪些關係發展成情侶呢？

同僚	クラスメート	幼馴染み	ルームメート
doo ryoo	ku ra su me e to	osana na ji mi	ru u mu me e to
同事	同學	青梅竹馬	室友

動詞變化 てきた形（持續／演變過來形）

要表現動作持續過來或演變過來的狀態，動詞要從 [原形] 變成 [てきた形]，也就是從 [發展＝発展する] 變成 [發展過來＝発展してきた]，動詞て形變化後，加きた。て形變化規則詳見 p.26。例句如下：

- [持續過來] → 我慢してきた。 忍耐了過來。
- [演變過來] → 太ってきた。 變胖了過來。

8 バレンタイン

バレンタイン に 片思い の 相手 に チョコ を 渡す つもり だ。
ba ren ta i n ni kata omo i no ai te ni sho ko o wata su tsu mo ri da

（我）打算在情人節給暗戀對象巧克力。

バレンタイン 直前 に 失恋 に した。
ba ren ta in choku zen ni shitsu ren ni shi ta

（我）在情人節前夕失戀了。

補充說明

名詞		
	片思い	暗戀
	チョコ（或 チョコレート）	巧克力
	失恋	失戀

單元 14 テレビを見る・看電視
te re bi o mi ru

＊由此開始依順時針方向閱讀

- リモコン (ri mo ko n) 遙控器
- 趣味 (shu mi) 興趣
- スナックを食べる (su na kku o ta be ru) 吃零食
- 芸能人 (gei noo jin) 藝人
- テレビ番組 (te re bi ban gumi) 電視節目
- コマーシャル (ko maa sha ru) 廣告
- ドラマ (do ra ma) 連續劇
- ニュース (nu u su) 新聞

1 趣味

私 の 趣味 は 旅行 だ。
watashi no shu mi wa ryo koo da

我的興趣是旅行。

延伸單字 還有哪些常見的興趣呢？

絵描き	クッキー作り	釣り	フィギュア収集
e ka ki	ku kki i duku ri	tsu ri	fi gyu a shuu shuu
畫畫	做餅乾	釣魚	收集公仔

085

2 スナックを食べる

旦那（だんな）は 毎日（まいにち） スナック を 食（た）べ ながら テレビ を 見（み）る。
dan na wa mai nichi su na kku o ta be na ga ra te re bi o mi ru
（我）老公每天一邊吃零食，一邊看電視。

延伸單字 哪些零食適合拿來配電視呢？

ポテトチップス	ポップコーン	するめ	枝豆（えだまめ）
po te to chi ppu su	po ppu ko o n	su ru me	eda mame
洋芋片	爆米花	魷魚乾	毛豆

3 テレビ番組

普段（ふだん）、どんな テレビ 番組（ばんぐみ） を 見（み）る か？
fu dan don na te re bi ban gumi o mi ru ka
（你）平時都看怎樣的電視節目呢？

延伸單字 常見什麼種類的電視節目呢？

バラエティー番組（ばんぐみ）	音楽番組（おんがくばんぐみ）	トーク番組（ばんぐみ）	子供番組（こどもばんぐみ）
ba ra e ti i ban gumi	on gaku ban gumi	to o ku ban gumi	ko domo ban gumi
綜藝節目	音樂節目	談話節目	兒童節目

4 ニュース

この 事件（じけん） は ニュース に なった。
ko no ji ken wa nu u su ni na tta
這件事上了新聞。

テロ に 関（かん）する ニュース量（りょう） は 前代未聞（ぜんだいみもん） だ。
te ro ni kan su ru nu u su ryou wa zen dai mi mon da
恐怖攻擊相關的新聞量，真是前所未見。

補充說明

名詞	
テロ	恐怖攻擊

な形容詞	
前代未聞（ぜんだいみもん）（な）	前所未見

086

5 ドラマ

最も 印象深い の は、この ドラマ の 主題歌 だ。
motto mo　in shoo buka i　no wa　ko no　do ra ma no　shu dai ka da

最讓人印象深刻的，是這部連續劇的主題曲。

補充說明

| い形容詞 | 印象深い | 印象深刻的 |

延伸單字 連戲劇裡，還有哪些讓人印象深刻的部分呢？

主役	配役	シナリオ	台詞
shu yaku	hai yaku	shi na ri o	se ri fu
主角	配角	劇情	台詞

6 コマーシャル

どうやって コマーシャル を 飛ばして 録画する か？
doo ya tte　ko ma a sha ru　o　to ba shi te　roku ga su ru　ka

要如何跳過廣告來錄影呢？

番組 より コマーシャル の 方 が 面白い。
ban gumi　yo ri　ko ma a sha ru　no　hoo ga　omo shiro i

比起節目，廣告方面更有趣。

句型解說

比起__名詞1__，名詞2__ 更__形容詞__。
　＝__名詞1__ より__名詞2__の方が__形容詞__。

在這個 [比較句型] 裡，[名詞 1] 要放入被比較的對象，[名詞 2] 要放入比較後勝出的對象。句型練習如下：

◆ [昨日／今日／いい]　→　昨日より今日の方がいい。

　　　　　　　　　　　＝　比起昨天，今天更好。

◆ [お茶／コーヒー／好き]　→　お茶よりコーヒーの方が好き。

　　　　　　　　　　　　　＝　比起茶，更喜歡咖啡。

7 芸能人

芸能人 の 噂話 に 興味 が ない。
gei noo jin no uwasa banashi ni kyoo mi ga nai

（我）對藝人的八卦沒興趣。

補充說明

名詞	句型
噂話　八卦	～に 興味 が ない　對～沒興趣

延伸單字 藝人有哪些不同的身分與角色呢？

アイドル	歌手	俳優	女優
a i do ru	ka shu	hai yuu	jo yuu
偶像	歌手	男演員	女演員

8 リモコン

無意識 に リモコン で チャンネル を 変える。
mu i shiki ni ri mo kon de cha n ne ru o ka e ru

下意識地用遙控器轉台。

いつも リモコン を 探して いる。
i tsu mo ri mo ko n o saga shi te i ru

永遠都在找遙控器。

延伸單字 除了電視，還有哪些設備需要遙控器呢？

エアコン	ステレオ	DVD プレーヤー	車庫
e a kon	su te re o	pu re e yaa	sha ko
空調	音響	DVD 播放器	車庫

088

單元 15

運動・運動
うん どう
un doo

＊由此開始依順時針方向閱讀

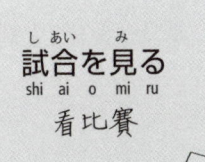

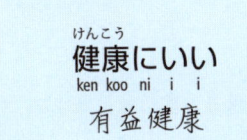

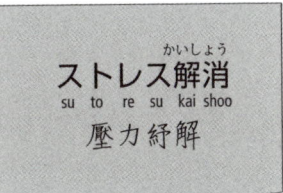

- 試合を見る / しあいをみる / shi ai o mi ru / 看比賽
- 健康にいい / けんこう / ken koo ni i i / 有益健康
- ストレス解消 / かいしょう / su to re su kai shoo / 壓力紓解
- ジム / ji mu / 健身房 
- 野球 / やきゅう / ya kyuu / 棒球
- 汗をかく / あせ / ae o ka ku / 流汗
- 山登り / やまのぼり / yma nobo ri / 爬山
- サイクリング / sa i ku ri n gu / 騎腳踏車

1 健康にいい

笑う ことは 健康に いい。
wara u ko to wa ken koo ni i i

笑有益健康。

毎日 20分 ほど 運動すると 健康に いい。
mai nichi ni ju ppun ho do un doo su ru to ken koo ni i i

每天運動20分鐘有益健康。

089

2 ストレス解消

思いっきり 運動する と、ストレス解消 に なる。
omo i kki ri un doo su ru to su to re su kai shoo ni na ru

盡情運動後壓力紓解。

補充說明

[副詞]
思いっきり　盡情

延伸單字 想紓解壓力除了運動，還可以盡情做什麼呢？

食べる	叫ぶ	号泣する	ショッピングする
ta be ru	sake bu	goo kyuu su ru	sho ppi n gu su ru
大吃	大叫	痛哭	購物

3 野球

Q：どんな 運動 が できる か？　　A：野球 が できる
　　do n na un doo ga de ki ru ka　　　　ya kyuu ga de ki ru

（你）會哪些運動呢？　　　　　　　　（我）會打棒球。

延伸單字 除了棒球，還有哪些常見的球類運動呢？

卓球	テニス	バドミントン	バスケットボール
ta kkyuu	te ni su	ba do mi n to n	ba su ke tto bo o ru
桌球	網球	羽毛球	籃球

句型解說

會＿名詞＿。＝＿名詞＿ が できる。

「會……」的句型空格裡，要放入運動／樂器／才藝等 [名詞]。例如：

◆ [運動] 會 [直排輪] ＝ インラインスケート　が できる

◆ [樂器] 會 [鋼琴] ＝ ピアノ　が できる

◆ [才藝] 會 [書法] ＝ 書道 (しょどう)　が できる

15・運動

4 サイクリング

<ruby>湖<rt>みずうみ</rt></ruby> を めぐって サイクリング する のは <ruby>気持<rt>きも</rt></ruby>ち いい。
mizuumi o me gu tte sa i ku ri n gu su ru no wa ki mo chi i i

繞著湖騎腳踏車是一件很舒服的事。

<ruby>父<rt>ちち</rt></ruby> は サイクリング に はまって いる。
chichi wa sa i ku ri n gu ni ha ma tte i ru

（我）爸爸迷上騎腳踏車。

補充說明

動詞	めぐる	繞著
い形容詞	気持ちいい	舒服
句型	～にはまる	對～著迷

延伸單字 喜歡騎腳踏車的你，必須認識哪些單字呢？

パンク	エアーポンプ	ライト	ワイヤー<ruby>錠<rt>じょう</rt></ruby>
pa n ku	e a a po n pu	ra i to	wa i ya a joo
爆胎	充氣筒	車燈	鋼鎖

5 山登り

<ruby>母<rt>はは</rt></ruby> は <ruby>山登<rt>やまのぼ</rt></ruby>り に <ruby>熱中<rt>ねっちゅう</rt></ruby> している。
haha wa yama nobo ri ni ne cchuu shi te i ru

（我）媽媽熱衷於爬山。

補充說明

| 句型 | ～に熱中する | 對～熱衷 |

動詞變化

ている形（正在持續形）

要表現動作的持續狀態「正在／持續……」，上一例的動詞要從 [原形] 的「著迷＝はまる」變成 [正在持續形] 的「持續著迷＝はまっている」；這一例的動詞要從 [原形] 的「熱衷＝熱中する」變成 [正在持續形] 的「持續熱衷＝熱中している」，動詞て形變化後，加いる。て形變化規則詳見 p.26。

091

6 汗をかく

A：肥満の人は汗をかきやすいようだ。
　　hi man no hito wa ase o ka ki ya su i yoo da
　　肥胖的人好像很容易流汗。

B：私は汗をかきにくい方だけど。
　　watashi wa ase o ka ki ni ku i hoo da ke do
　　但我屬於不容易流汗的那種。

句型解說

容　易　　動詞　＝　動詞ます形　やすい

不容易　　動詞　＝　動詞ます形　にくい

「容易／不容易……」的句型空格裡，動詞要變成ます形，去掉ます，再加やすい（容易）或加にくい（不容易）。例句中，動詞從 [原形] 的「汗をかく」變成 [ます形] 的「汗をかきます」，去掉ます，再加やすい或加にくい。ます形變化規則詳見 p. 22。句型練習如下：

- [読む]　→　読み　　やすい ＝ 容易閱讀
- [答える]　→　答え　　にくい ＝ 不容易回答
- [理解する]　→　理解し　　やすい ＝ 容易理解

7 ジム

毎日ジムに通って筋トレしている
mai nichi ji mu ni kayo tte kin to re shi te i ru
（我）每天去健身房練肌肉。

ジムのヨガプログラムに参加したい。
ji mu no yo ga pu ro gu ra mu ni san ka shi ta i
（我）想參加健身房的瑜珈課程。

補充說明

名詞	
筋トレ	練肌肉
ヨガ	瑜珈
プログラム	課程

15・運動

> 延伸單字　健身房還可能開哪些課程呢？
>
> | 水泳（すいえい）
sui ei | ピラティス
pi ra ti su | ダイエット
da i e tto | 格闘技（かくとうぎ）
kaku too gi |
> |---|---|---|---|
> | 游泳 | 皮拉提斯 | 減重 | 格鬥 |

8 試合を見る

テレビ で 野球（やきゅう） 試合（しあい） の 生中継（なまちゅうけい） を 見た（み）。
te re bi de ya kyuu shi ai no nama chuu kei o mi ta

（我）透過電視看了棒球比賽的實況轉播。

補充說明

[名詞]
生中継（なまちゅうけい）　實況轉播

> 延伸單字　有哪些國際大型運動賽事呢？
>
> | オリンピック（＝五輪（ごりん））
o ri n pi kku　　go rin | メジャーリーグ
me ja a ri gu |
> |---|---|
> | 奧運 | 美國職棒大聯盟 |
> | ワールドカップ（＝W杯（ダブルはい））
wa a ru do ka ppu　daburu hai | ウィンブルドン
wi n bu ru do n |
> | 世界盃足球賽 | 溫布敦網球賽 |

單元 16 　買い物(かいもの)・購物

*由此開始依順時針方向閱讀

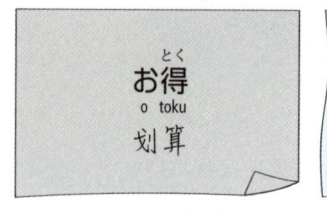

- お得(とく) / o toku / 划算
- 免税(めんぜい) / men zei / 免税
- デパート / de pa a to / 百貨公司
- レジ / re ji / 收銀台
- 靴を買う(くつをかう) / kutsu o ka u / 買鞋
- 家電(かでん) / ka den / 電器
- 文房具(ぶんぼうぐ) / bun boo gu / 文具
- 服を試着する(ふくをしちゃくする) / fuku o shi chaku su ru / 試穿衣服

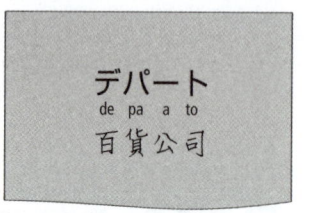

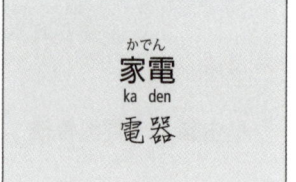

1 免税

これら は 免税(めんぜい) に なれるか？
ko re ra wa men zei ni na re ru ka
這些可以免税嗎？

パスポートを見せるだけで、免税(めんぜい)になる。
pa su poo to o mi se ru da ke de　men zei ni na ru
只要出示護照，就免税。

MP3

094

2 デパート

日本 の デパート は 買い物 の 天国 に 違いない。
ni hon no de pa a to wa ka i mono no ten goku ni chiga i na i

日本的百貨公司無疑就是購物的天堂。

延伸單字 除了百貨公司，還有哪些地方好好買呢？

コンビニ	スーパー	アウトレット	商店街
ko n bi ni	su u pa a	a u to re tto	shoo ten gai
便利商店	超市	暢貨中心	商店街

句型解說

__名詞1__ 無疑就是 __名詞2__ 。＝ __名詞1__ は __名詞2__ に 違いない。

這個句型是「__名詞1__ 是 __名詞2__（名詞1は 名詞2だ）」的強調句型。
句型練習如下：

◆ [彼／泣き虫] →彼は泣き虫に違いない。 ＝他無疑就是愛哭鬼。
◆ [あの人／犯人] →あの人は犯人に違いない。 ＝那個人無疑就是犯人。

3 靴を買う

靴 を 買いたい が、気に入る の は なかなか 見つからない。
kutsu o ka i ta i ga ki ni i ru no wa na ka na ka mi tsu ka ra na i

（我）想買鞋，但一直找不到中意的。

補充說明

| 動詞 | 気に入る | 中意 | 見つかる | 找到 |

延伸單字 有哪些常見的鞋子款式呢？

ハイヒール	スニーカー	サンダル	ブーツ
ha i hi i ru	su ni i ka a	sa n da ru	bu u tsu
高跟鞋	運動鞋	涼鞋	靴子

095

4 服を試着する

この 服を試着しても いいか？
ko no fuku o shi chaku shi te mo i i ka

（我）可以試穿這件衣服嗎？

延伸單字 有哪些常見的衣服款式呢？

コート	シャツ	ジーンズ	ワンピース
ko o to	sha tsu	ji i n zu	wa n pi i su
外套	襯衫	牛仔褲	洋裝

句型解說

我可以＿動詞＿嗎？＝＿動詞＿ても いいか？

這是請求允許的句型。「ても＝即使」，「いいか？＝可以嗎？」，所以這一句意思是「即使……也可以嗎？＝我可以……嗎？」。空格裡的動詞要變成 [て形]，て形變化規則詳見 p. 26。句型練習如下：

- [タバコを吸う] → タバコを吸ってもいいか？　＝我可以抽菸嗎？
- [パソコンを使う] → パソコンを使ってもいいか？　＝我可以用電腦嗎？

5 文房具

この ホッチキス は 買う べき 文房具 だ。
ko no ho cchi ki su wa ka u be ki bun boo gu da

這個釘書機是必買的文具。

補充說明

名詞			
ホッチキス	釘書機	べき	必須

延伸單字 日本有哪些非買不可的文具呢？

マスキングテープ	消しゴム	万年筆	付箋
ma su ki n gu te e pu	ke shi go mu	man nen hitsu	fu sen
紙膠帶	橡皮擦	鋼筆	便條紙

MP3

6 家電

この 家電製品 を 空港 まで 送って もらいたい。
ko no ka den sei hin o kuu koo ma de o ku tte mo ra i ta i

希望能幫我把這個電器產品送到機場。

延伸單字 日本有哪些非買不可的電器呢？

ドライヤー	炊飯器	掃除機	温水清浄便座
do ra i yaa	sui han ki	soo ji ki	on sui sei joo ben za
吹風機	電子鍋	吸塵器	免治馬桶

動詞變化

てもらう形（幫我做形）

要表現「幫我忙」或「為我做」的動作狀態，動詞要從 [原形] 變成 [てもらう形]，動詞て形變化後，加もらう。也就是從 [送＝送る] 變成 [幫我送＝送ってもらう]。而這裡的例句又多了一道程序，從 [幫我送＝送ってもらう] 變成 [希望幫我送＝送ってもらいたい]。て形變化規則詳見 p. 26。

7 レジ

お勘定 は レジ まで お願いします。
o kan joo wa re ji ma de o nega i shi ma su

麻煩到收銀台結帳。

補充說明

名詞	
お勘定（＝お会計）	結帳
kan joo　kai kei	

延伸單字 收銀台還提供了哪些服務呢？

領収書発行	包装	取り寄せ	荷物預かり
ryoo shuu sho ha kkoo	hoo soo	to ri yo se	ni motsu azu ka ri
開收據	包裝	調貨	寄放東西

8 お得

今日(きょう)、全(すべ)て3割引(さんわりびき)になり、とてもお得(とく)だ！
kyo sube te san wari biki ni na ri to te mo o toku da

今天全部打7折，非常划算！

補充說明

名詞		
3割引(さんわりびき)	→	減3成（打7折）
6割引(ろくわりびき)	→	減6成（打4折）
5％割引(ご わりびき)	→	減5%（打95折）

延伸單字 — 哪些字眼一出現，就是划算的代名詞呢？

バーゲン	現金返還(げんきんへんかん)	値引き(ねびき)	景品付き(けいひんつき)
ba a ge n	gen kin hen kan	ne bi ki	kei hin tsu ki
特賣會	現買現折	降價	附贈品

單元 17 誕生日・生日
たんじょうび
tan joo bi

*由此開始依順時針方向閱讀

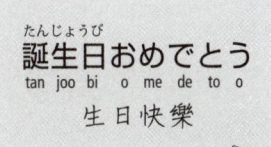

誕生日おめでとう tan joo bi o me de to o 生日快樂

ケーキ ke e ki 蛋糕

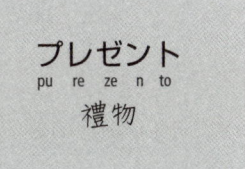

プレゼント pu re zen to 禮物

厄年 yaku doshi 犯太歲

お祝いする o iwa i su ru 慶祝

年齢 nen rei 年齡

星座 sei za 星座

願いを唱える nega i o tona e ru 許願

1 ケーキ

ケーキを いくら 食べても 飽きない。
ke e ki o i ku ra ta be te mo a ki na i
不管吃多少蛋糕，都不會膩。

延伸單字 有哪些常見的蛋糕種類呢？

ショートケーキ	モンブランケーキ	カステラ	ロールケーキ
sho o to ke e ki	mon bu ran ke e ki	ka su te ra	ro o ru ke e ki
草莓奶油蛋糕	栗子蛋糕	蜂蜜蛋糕	瑞士捲蛋糕

099

句型解說

不管怎麼 __動詞1__ ，都不會 __動詞2__ 。
＝いくら __動詞1__ ても、 __動詞2__ ない。

這是強調動作頻率的句型。 __動詞1__ 要改成て形加も， __動詞2__ 要改成ない形。て形變化規則詳見 p. 26；ない形變化規則詳見 p. 19。
句型練習如下：

- [言う／聞く] → いくら言っても、聞かない。
  ＝ 不管怎麼說，都不聽。

- [反対する／構う] → いくら反対しても、構わない。
  ＝ 不管怎麼反對，都不在乎。

2 プレゼント

こちらは 自宅用 ですか？ プレゼント用 ですか？
ko chi ra wa　ji taku yoo de su ka　pu re zen to yoo de su ka
這是自用呢？還是送禮用呢？

この プレゼント を ラッピング して もらいたい。
ko no pu re zen to o ra ppin gu shi te mo ra i tai
希望你能幫我包裝這個禮物。

延伸單字　請店家包裝禮物時，可能會要求什麼呢？

箱	紙袋	カード	リボン
hako	kami bukuro	ka a do	ri bo n
盒子	紙袋	卡片	緞帶

動詞變化

てもらう形（幫我做形）

要表現「幫我忙」或「為我做」的動作狀態，動詞要從 [原形] 變成 [てもらう形]，動詞て形變化後，加もらう。也就是從 [包裝＝ラッピングする] 變成 [幫我包裝＝ラッピングしてもらう]，這裡的例句又多了一道程序，從 [幫我包裝＝ラッピングしてもらう] 變成 [希望幫我包裝＝ラッピングしてもらいたい]。て形變化規則詳見 p. 26。

MP3

17・生日

3 お祝いする

せっかく なので、お祝い しよう よ！
se kka ku na no de　o iwa i shi yo o　yo
因為難得，所以來慶祝吧！

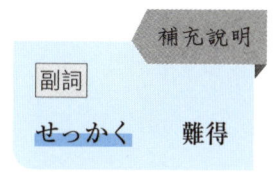

> 補充說明
> 副詞
> せっかく　　難得

動詞變化
意向形（一起……吧！）
建議／邀請對方「一起……吧」，動詞要從原形的「する」，變成意向形的「しよう」。意向形變化規則詳見 p. 25。

4 願いを唱える

願い を 唱えて から、蝋燭 の 火 を 吹き消す。
nega i o tona e te ka ra　roo soku no hi o fu ki ke su
許願後，再吹蠟燭。

流れ星 に 願い を 唱える と、願い が 叶う。
naga re boshi ni nega i o tona e ru to　naga i ga kana u
對著流星許願，願望就會實現。

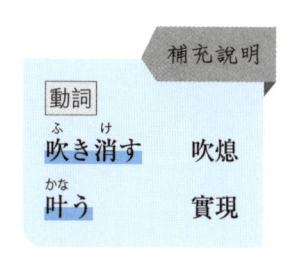

> 補充說明
> 動詞
> 吹き消す　　吹熄
> 叶う　　　　實現

101

5 星座

私(わたし)は 牡牛座(おうしざ)で、星座(せいざ)占(うらな)い を 信(しん)じている。
watashi wa o ushi za de sei za urana i o shin ji te i ru

我是金牛座，我相信星座占卜。

延伸單字 十二星座該怎麼說呢？

おひつじ座	牡牛座	双子座	蟹座
o hi tsu ji za	o ushi za	futa go za	kani za
牡羊座	金牛座	雙子座	巨蟹座

獅子座	乙女座	天秤座	蠍座
shi shi za	oto me za	ten bin za	sasori za
獅子座	處女座	天秤座	天蠍座

射手座	山羊座	水瓶座	魚座
i te za	ya gi za	mizu game za	uo za
射手座	摩羯座	水瓶座	雙魚座

MP3

17・生日

6 年齢

<ruby>息子<rt>musu ko</rt></ruby> は <ruby>反抗期<rt>han koo ki</rt></ruby> の <ruby>年齢<rt>nen rei</rt></ruby> に なった。<ruby>今<rt>ima</rt></ruby>、<ruby>十一歳<rt>juu i ssai</rt></ruby> だ。

（我）兒子正值反抗期的年齡。現在 11 歲。

延伸單字 歲數該怎麼唸呢？

數字的唸法						加歲的唸法
一 ichi	十一 juu ichi	二十一 ni juu ichi	三十一 san juu ichi	四十一 yon juu ichi	五十一 go juu ichi	〜一歳 i ssai （音變）
二 ni	十二 juu ni	二十二 ni juu ni	三十二 san juu ni	四十二 yon juu ni	五十二 go juu ni	〜二歳 ni sai
三 san	十三 juu san	二十三 ni juu san	三十三 san juu san	四十三 yon juu san	五十三 go juu san	〜三歳 san sai
四 yon	十四 juu yon	二十四 ni juu yon	三十四 san juu yon	四十四 yon juu yon	五十四 go juu yon	〜四歳 yon sai
五 go	十五 juu go	二十五 ni juu go	三十五 san juu go	四十五 yon juu go	五十五 go juu go	〜五歳 go sai
六 roku	十六 juu roku	二十六 ni juu roku	三十六 san juu roku	四十六 yon juu roku	五十六 go juu roku	〜六歳 ro ssai （音變）
七 nana	十七 juu nana	二十七 ni juu nana	三十七 san juu nana	四十七 yon juu nana	五十七 go juu nana	〜七歳 nana sai
八 hachi	十八 juu hachi	二十八 ni juu hachi	三十八 san juu hachi	四十八 yon juu hachi	五十八 go juu hachi	〜八歳 ha ssai （音變）
九 kyuu	十九 juu kyuu	二十九 ni juu kyuu	三十九 san juu kyuu	四十九 yon juu kyuu	五十九 go juu kyuu	〜九歳 kyuu sai
十 juu	二十 ni juu	三十 san juu	四十 yon juu	五十 go juu	六十 roku juu	〜十歳 ju ssai （音變）

註：當尾數是 0、1、6、8 歲，數字的尾音會變成促音 " っ "（不發音，停一拍）。
　　二十歲的發音是特殊唸法，唸<ruby>二十歳<rt>hatachi</rt></ruby>。

7 厄年

A：ついてない！今年 は 私 の 厄年 だ。
　　tsu i te na i　ko toshi　wa　watashi　no　yaku doshi　da

　　真倒楣！今年我犯太歲。

B：厄払い に 行った ほう が いい。
　　yaku bara i　ni　i tta　ho o　ga　i i

　　（你）最好去消災解厄。

補充說明

慣用語		名詞	
ついてない	倒楣	厄払い	消災解厄

8 誕生日おめでとう

A：いよいよ 私 の 誕生日 だ！私 への プレゼント は？
　　i yo i yo　watashi no　tan joo bi　da　watashi he no　pu re ze n to　wa

　　終於到了我的生日！給我的禮物呢？

B：誕生日 おめでとう！
　　tan joo bi　o me de to o

　　生日快樂！

補充說明

副詞	
いよいよ	終於

MP3

單元 18

病気(びょうき)・生病
byoo ki

*由此開始依順時針方向閱讀

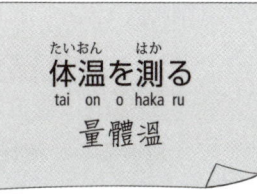

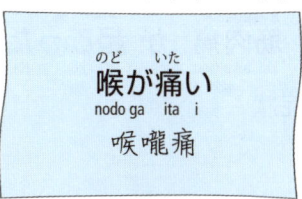

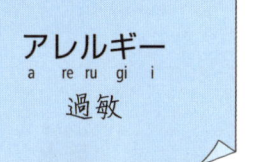

- 体温を測る (たいおん を はかる) / tai on o hakaru — 量體溫
- 喉が痛い (のど が いた い) / nodo ga itai — 喉嚨痛
- インフルエンザ / infuruenza — 流感
- アレルギー / arerugii — 過敏
- 休む (やす む) / yasumu — 休息
- 薬を飲む (くすり を の む) / kusuri o nomu — 吃藥
- 医者に診てもらう (いしゃ に み てもらう) / isha ni mite morau — 看醫生
- 病院に行く (びょういん に い く) / byooin ni iku — 去醫院

1 喉が痛い

喉(のど) が 我慢(がまん) できない ほど 痛(いた)い。
nodo ga gaman dekinai hodo itai.

喉嚨痛到無法忍受的地步。

延伸單字 除了喉嚨，還有哪些部位也常常在痛呢？

頭(あたま) atama	お腹(なか) o naka	歯(は) ha	足(あし) ashi
頭	肚子	牙齒	腳

105

2 インフルエンザ

最近（さいきん） インフルエンザ が 流行（はや）って いる。
sai kin infuruenza ga ha ya tte i ru
最近流感正在流行。

インフルエンザ で 筋肉痛（きんにくつう） が 起（お）こった。
i n fu re n za de kin niku tsuu ga o ko tta
流感引起了肌肉痠痛症狀。

補充說明

動詞	
流行る	流行
起こる	引起

延伸單字 流感還會引起哪些症狀呢？

咳（せ）き	熱（ねつ）	くしゃみ	鼻水（はなみず）
se ki	netsu	ku sha mi	hana mizu
咳嗽	發燒	打噴嚏	流鼻水

3 休む

ゆっくり 休（やす）んで ください。
yu kku ri yasu n de ku da sa i
請好好休息。

仕事（しごと） を 休（やす）む 気（き） が ない。
shi goto o yasu mu ki ga na i
不想工作休假。

補充說明

片語	
仕事（しごと）を休（やす）む	工作休假

片語	
～気（き）がない	不想～

4 病院に行く

びょういん い
病院 に 行った ほう が いい。
byoo in ni i tta hoo ga ii

（你）最好去醫院。

延伸單字　去醫院可以看哪些科呢？

じ び いんこう か	しょう に か	しょう か き ない か	せい けい げ か
耳鼻咽喉科	小児科	消化器内科	整形外科
ji bi in koo ka	shoo ni ka	shoo ka ki nai ka	sei kei ge ka
耳鼻喉科	小兒科	腸胃科	整形外科

句型解說

最好　動詞　。＝　動詞た形　ほう が いい。

這是「建議作法」的句型。　動詞　要改成た形，後面加 ほう（這方面）が いい（比較好）。た形變化規則詳見 p. 27。句型練習如下：

- だま　　　　　　　　だま
  [黙る]　　→　黙った　　　ほうがいい　＝最好閉嘴。

- わたし おし　　　　わたし おし
  [私に教える]　→　私に教えた　ほうがいい　＝最好告訴我。

5 医者に診てもらう

たいちょう　わる　　　　　　　いしゃ　み
体調 が 悪く なる とき、医者 に 診て もらった ほう が いい。
tai choo ga waru ku na ru to ki i sha ni mi te mo ra tta hoo ga ii

身體不舒服時，最好看醫生。

動詞變化

てもらう形（幫我做形）

中文說「看醫生」，日文語法變成「讓醫生幫我看診」，所以會用到「てもらう」的動詞變化。「讓醫生＝医者に」，「幫我看診＝診てもらう」。

再複習一遍，要表現「幫我忙」或「為我做」的動作狀態，動詞要從 [原形] 變成 [てもらう形]，動詞て形變化後，加もらう。て形變化規則詳見 p. 26。

6 薬を飲む

時間通りに 薬を 飲む。
ji kan doo ri ni kusuri o no mu

按時吃藥。

病気を 治したい なら、薬を 飲む べき だ。
byoo ki o nao shi ta i nara kusuri o no mu be ki da

想治好病的話，必須吃藥。

延伸單字 除了叫你吃藥，醫生還會做出哪些診療行為呢？

注射する	点滴する	採血する	レントゲンを撮る	入院する	オペする
chuu sha su ru	ten teki su ru	sai ketsu su ru	re n to ge n o to ru	nyuu in su ru	o pe su ru
打針	吊點滴	抽血	照X光	住院	開刀

7 アレルギー

あの 薬を 飲む と、アレルギー が 出る。
a no kusuri o no mu to a re ru gi i ga de ru

只要吃那種藥，就會過敏。

延伸單字 除了吃藥會過敏，吃什麼也容易引發過敏呢？

えび	かに	乳製品	大豆
e bi	ka ni	nyuu sei hin	dai zu
蝦子	螃蟹	乳製品	黃豆

8 体温を測る

体温を 正しく 測る ことが できる か？
tai on o tada shi ku hakaru ko to ga de ki ru ka

（你）會正確測量體溫嗎？

延伸單字 除了量體溫，哪些生命徵象也要測量呢？

血圧	心拍数	身長	体重
ketsu atsu	shin paku suu	shin choo	tai juu
血壓	心跳	身高	體重

MP3

單元 19　お正月・過年
おしょうがつ
o shoo gatsu

*由此開始依順時針方向閱讀

年賀状 ねんがじょう　nen ga joo　賀年卡

大掃除 おおそうじ　oo soo ji　大掃除

おせち料理 りょうり　o se chi ryoo ri　年菜

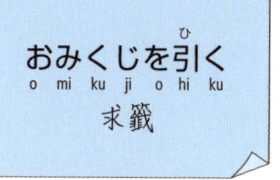

おみくじを引く ひ　o mi ku ji o hi ku　求籤

実家に帰る じっか かえ　ji kka ni kae ru　返鄉

初詣 はつもうで　hatsu moode　新春拜拜

お年玉 としだま　o toshi dama　壓歲錢

福袋を買う ふくぶくろ か　fuku bukuro o ka u　買福袋

1　大掃除

大晦日 に 大掃除して 新年 を 迎える。
おおみそか　に　おおそうじして　しんねん　を　むかえる
oo miso ka　ni　oo soo ji shi te　shin nen　o　muka e ru

在除夕大掃除迎接新年。

大掃除し ても きれい に ならない。
おおそうじし　ても　きれい　に　ならない
oo soo ji shi　te mo　ki re i　ni　na ra na i

即使大掃除，也不會變乾淨。

句型解說

即使___動詞___，也……。 ＝___動詞___ても…。

這是前後轉折的句型，相當於中文的「即使……也……」、「雖然……但是……」。空格裡的動詞要變成 [て形]，再加も。て形變化規則詳見 p. 26。句型練習如下：

- [地図がある] → 地図があっても、道を迷ってしまう。
  = 即使有地圖，也是迷路。

- [早く起きる] → 早く起きても、遅刻になる
  = 即使早起，也是遲到。

2 おせち料理

A：おせち料理 は 作れる か？
　　o se chi ryoo ri　wa　tsuku re ru　ka
（你）會做年菜嗎？

B：年越し そば は 作れる。
　　toshi ko shi　so ba　wa　tsuku re ru
（我）會做跨年蕎麥麵。

延伸單字　傳統日本年菜，都有哪些菜色呢？

えび e bi	昆布巻き kon bu ma ki	数の子 kazu no ko	黒豆 kuro mame
蝦子 （象徵健康長壽）	昆布捲 （象徵幸福喜悅）	鯡魚卵 （象徵多子多孫）	黑豆 （象徵勤奮工作）

註：日本年菜會裝在四層精美漆木盒裡，看起來精緻，但都是冷菜。

動詞變化

可能形

要表現「會……／可以……」的動作狀態，動詞要從 [原形] 的 [做＝作る]，變成 [可能形] 的 [會做＝作れる]。可能形變化規則詳見 p. 23。

110

3 実家に帰る

喧嘩 に なると、嫁 は すぐ 実家 に 帰る。
ken ka ni na ru to yome wa su gu ji kka ni kae ru

一吵架，（我）老婆就回娘家。

補充說明

名詞			動詞		
実家に帰る	→	老家	帰省する	→	返鄉（另一種說法）

4 福袋を買う

福袋 を 買って 縁起 が よくなる らしい。
fuku bukuro o ka tta en gi ga yo ku na ru ra shi i

買福袋好像會變得吉利。

行列 に 並んで 数限定 の 福袋 を 買った。
gyoo retsu ni nara n de kazu gen tei no fuku bukuro o ka tta

排隊買限量的福袋。

補充說明

形容詞片語

縁起がいい	→	吉利
縁起が悪い	→	不吉利

延伸單字　除了數量限定，還有哪些限定呢？

地域限定	期間限定	会員限定	色限定
chi iki gen tei	ki kan gen tei	kai in gen tei	iro gen tei
地區限定	期間限定	會員限定	顏色限定

5 お年玉

お年玉(とし だま) は 何歳(なんさい) まで もらえるか？
o toshi dama wa nan sai ma de mo ra e ru ka

壓歲錢可以領到幾歲呢？

動詞變化

可能形

要表現「會……／可以……」的動作狀態，動詞要從 [原形] 的 [領＝もらう]，變成 [可能形] 的 [可以領＝もらえる]。可能形變化規則詳見 p. 23。

文化小知識

日本壓歲錢基本上跟台灣一樣，過年期間由長輩發給還在就學的晚輩，給年齡愈大、愈親近的晚輩，壓歲錢就包得愈多。不同的是，台灣的壓歲錢一定放在紅色的紅包袋裡，紙鈔平整放入；而日本的壓歲錢則放在白色、粉色的壓歲錢袋裡，紙鈔折成三折放入，也可放硬幣。

6 初詣

伊勢神宮(い せ じんぐう) に 初詣(はつもうで) に 行(い)きたい。
i se jin guu ni hatsu moode ni i ki ta i

（我）新年想去伊勢神宮參拜。

京都(きょう と) の 初詣(はつもうで) スポット といえば、伏見稲荷神社(ふしみ いなり じんじゃ) だ
kyoo to no hatsu moode su po tto to i e ba fushi mi ina ri jin ja da

說到京都的新年參拜地點，就是伏見稻荷神社。

延伸單字 日本各地新年最多人去參拜的地點是？

名古屋(なごや)・熱田神宮(あつた じんぐう)	東京(とうきょう)・明治神宮(めいじじんぐう)	大阪(おおさか)・住吉大社(すみよしたいしゃ)	神戸(こうべ)・生田神社(いくたじんじゃ)
na go ya atsu ta jin guu	too kyoo mei ji jin guu	oo saka sumi yoshi tai sha	koo be iku ta jin ja
名古屋・熱田神宮	東京・明治神宮	大阪・住吉大社	神戸・生田神社

MP3

19・過年

7 おみくじを引く

おみくじ を 引いて、大吉 が 当たった！
o mi ku ji o hi i te dai kichi ga a ta tta

求籤抽中了大吉！

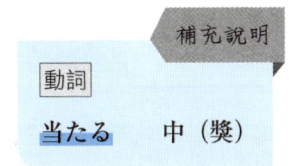

> 補充說明
> 動詞
> 当たる　中（獎）

延伸單字 除了大吉，你還可能會抽中什麼呢？

末吉	大凶	一等賞	宝くじ
sue kichi	dai kyoo	i tto shoo	takara ku ji
小吉	大凶	頭獎	彩券

8 年賀状

年末に年賀状を書いたり送ったりするだけで大忙し。
nen matsu ni nen ga joo o ka i ta ri oku tta ri su da ke de de tai roga shi

年終光是又寫賀年卡又寄賀年卡，就超級忙。

句型解說

又＿＿動詞1＿＿又＿＿動詞2＿＿……。
＝＿＿動詞1＿＿たり＿＿動詞2＿＿たりする。

這是列舉的句型，從許多事情中列舉一兩件當例子，相當於中文的「又……又……」。空格裡的動詞都要變成 [た形] 再加り，最後加個する。た形變化規則詳見 p. 27。句型練習如下：

◆ [掃除する／洗濯する] → 掃除したり洗濯したりする。
　　　　　　　　　　　　　＝ 又掃地又洗衣服。

◆ [洗濯を聴く／本を読む] → 洗濯を聴いたり本を読んだりする。
　　　　　　　　　　　　　＝ 又聽音樂又看書。

113

單元 20 カラオケで歌う・唱KTV
ka ra o ke de uta u

＊由此開始依順時針方向閱讀

曲を切る (kyoku o ki ru) — 切歌

個室を予約する (ko shitsu o yo yaku su ru) — 訂包廂

盛り上がる (mo ri a ga ru) — 變熱鬧

声がきれい (koe ga ki re i) — 聲音好聽

マイク (ma i ku) — 麥克風

歌が上手 (uta ga joo zu) — 很會唱歌

飲み放題 (no mi hoo dai) — 無限暢飲

徹夜する (tetsu ya su ru) — 通宵

1 個室を予約する

トイレ付き 個室を予約したいんですが。
to i re tsu ki ko shitsu o yo yaku shi ta i n de su ga
（我）想訂附廁所的包廂。

前もって 個室を予約す べきだ。
mae mo tte ko shitsu o yo yaku su be ki da
應該要提前訂包廂。

補充說明

名詞
〜付き　　附〜

副詞
前もって　提前

MP3

2 盛り上がる

パーティ は ようやく 盛り上がって きた。
pa a ti wa yo o ya ku mo ri a ga tte ki ta

派對終於熱鬧了起來。

補充說明

副詞
ようやく　終於

延伸單字　哪些常見的聚會，也需要讓場子變熱鬧呢？

しょくじかい	のみかい	ぼうねんかい	しんねんかい
食事会	飲み会	忘年会	新年会
shoku ji kai	no mi kai	boo nen kai	shin nen kai
聚餐	酒局	尾牙	春酒

動詞變化

てきた形（持續／演變過來形）

要表現動作持續過來或演變過來的狀態，動詞要從[原形]變成[てきた形]，動詞て形變化後，加きた。也就是從[熱鬧＝盛り上がる]變成[熱鬧了起來＝盛り上がってきた]。て形變化規則詳見 p.26。

---

3 マイク

マイク は なかなか 回って 来ない。
ma i ku wa na ka na ka mawa tte ko na i

麥克風很難輪到這裡來。

句型解說

很難___動詞___。 ＝なかなか___動詞___ない。

這是強調「一直不……／很難做……」的句型。___動詞___要改成ない形。ない形變化規則詳見 p.19。句型練習如下：

- [決める] → なかなか 決めない。 ＝很難決定。
- [上達する] → なかなか 上達しない。 ＝很難進步。

4 徹夜する

徹夜して 歌う こと は 大変 だ。
tetsu ya shi te uta u ko to wa tai hen da

通宵唱歌是一件很累的事。

延伸單字 我們還常常通宵做什麼事呢？

試験勉強する	オンラインゲームする	仕事する	宿題する
shi ken ben kyoo su ru	o n ra i n ge e mu su ru	shi goto su ru	shuku dai su ru
準備考試	玩線上遊戲	工作	寫功課

5 飲み放題

ここ は 飲み放題 なので、ドリンクバー で 何か 取ろう！
ko ko wa no mi hoo dai na no de do ri n ku ba a de nani ka to ro o

這裡是無限暢飲的，去飲料吧拿些東西吧！

補充說明

名詞

| ドリンクバー | 飲料吧 | 何か | 某個（些）東西 |

延伸單字 日本無限暢飲的飲料吧，常見哪些飲料呢？

ジンジャーエール	コーヒー	ミルクティー	ウーロン茶
ji n ja a e e ru	ko o hi i	mi ru ku ti i	u u ro n cha
薑汁汽水	咖啡	奶茶	烏龍茶

動詞變化

意向形（一起……吧！）

建議／邀請對方「一起……吧」，動詞要從原形的「取る」，變成意向形的「取ろう」。意向形變化規則詳見 p. 25。

MP3

6 歌が上手

友達 の 中 で、彼 は 歌 が 一番 上手 だ。
tomo dachi no naka de kare wa uta ga ichi ban joo zu da

朋友之中，他最擅長唱歌。

延伸單字 在「上手」前面，還能改放哪些擅長的事呢？

ダンス	お世辞	日本語	芝居
dan su	o se ji	ni hon go	shi bai
跳舞	客套話	日文	演戲

7 声がきれい

さすが 合唱団員、声 が きれい だ！
sa su ga ga sshoo dan in koe ga ki re i da

不愧是合唱團的人，聲音真好聽。

補充說明
[副詞] さすが　不愧是

延伸單字 還可以用哪些形容詞形容聲音呢？

高い	低い	愛情たっぷり（な）	独特（な）
taka i	hiku i	ai joo ta ppu ri na	doku toku na
高亢	低沉	充滿感情	獨特

8 曲を切る

どうやって リモコン で 曲を切る か？
doo ya tte ri mo kon de kyoku o ki ru ka

要如何用遙控器切歌呢？

延伸單字 在KTV除了切歌，還可以用遙控器做什麼呢？

曲を入れる	曲を割り込む	キーを上げる	キーを下げる
kyoku o i re ru	kyoku o wa ri ko mu	ki i o a ge ru	ki i o sa ge ru
點歌	插歌	升調	降調

單元 21 家を借りる・租屋
いえ を か り る
ie o ka ri ru

*由此開始依順時針方向閱讀

- 家賃（やちん / ya chin）房租
- 契約を結ぶ（けいやく むす / kei yaku o musu bu）簽合約
- 大家（おおや / oo ya）房東
- 家具付き（かぐつき / ka gu tsu ki）附傢俱
- 間取り（まどり / ma do ri）格局
- マンション（man sho n）電梯華廈
- ペット可（か / pe tto ka）可養寵物
- 引越す（ひっこす / hi kko su）搬家

1 契約を結ぶ

急かさないで！賃貸契約を結ぶなんて。
se ka sa na i de　chin tai kei yaku　o　musu bu　na n te

別催我！簽什麼租屋合約。

延伸單字 說到簽約，會想到哪些合約形式呢？

売買契約	提携契約	雇用契約	委任契約
ばいばいけいやく	ていけいけいやく	こようけいやく	いにんけいやく
bai bai kei yaku	tei kei kei yaku	ko yoo kei yaku	i nin kei yaku
買賣合約	合作合約	雇用合約	委任合約

MP3

2 大家

大家さんに連絡して鍵を取る。
ooya san ni renraku shi te kagi o toru

跟房東連絡拿鑰匙。

句型解說

___動詞1___（然後）___動詞2___。＝___動詞1___て___動詞2___。

連接兩個動詞時，[動詞1] 要變成て形，[動詞2] 不做任何改變。這個て有時翻譯成「然後」，更多時候不翻譯出來。句型練習如下：

- [泣く／逃げる] → 泣いて逃げる ＝哭著逃走
- [見る／写す] → ノートを見て写す ＝看筆記抄

3 間取り

私にとって間取りが一番大切だ。
watashi ni totte madori ga ichiban taisetsu da

對我來說，格局是最重要的。

間取りのいい家がほしい。
madori no ii ie ga hoshii

我想要格局不錯的家。

補充說明

片語　〜にとって　對〜來說

延伸單字　看房子時，你還可能會著重哪些地方？

日差し	風通し	立地	坪数
hi zashi	kaze tooshi	ri cchi	tsubo suu
採光	通風	地點	坪數

4 引越す

会社 の 近く に 引っ越す つもり だ。
かいしゃ の ちか く に ひ こ す つもり だ。
kai sha no chika ku ni hi kko su tsu mo ri da

（我）打算搬到公司附近。

延伸單字 還可能搬家搬到什麼地點附近呢？

学校	駅	インターチェンジ	実家
がっこう	えき	i n ta a che n ji	じっか
ga koo	eki		ji kka
學校	車站	交流道	娘家

5 ペット可

ペット可 の 物件 を 探して いる。
ペットか の ぶっけん を さが して いる。
pe tto ka no bu kken o saga shi te i ru

（我）正在找可養寵物的房子。

延伸單字 租屋要求方面，除了可養寵物，還想到什麼呢？

保証人なし	礼金なし	敷金なし	即入居
ほしょうにん なし	れいきん なし	しききん なし	そくにゅうきょ
ho shoo nin na shi	rei kin na shi	shiki kin na shi	soku nuu kyo
免保證人	免禮金	免押金	馬上入住

動詞變化

ている形（正在持續形）

要表現動作的持續狀態「正在／持續……」，動詞要從 [原形] 的「找＝探す」變成 [正在持續形] 的「正在找＝探している」。也就是動詞て形變化後，加いる。て形變化規則詳見 p.26。

MP3

6 マンション

この マンション は 思った より ゴージャス だ。
ko no man sho n wa omo tta yori goo ja su da

這個電梯華廈比想像中豪華。

補充說明

片語	
思った より	比想像中

延伸單字 除了電梯華廈，房子還有哪些型態呢？

一軒家	アパート	1 LDK	2 LDK
i kken ya	a paa to	wan eru dii kee	tsuu eru dii kee
獨棟透天	公寓（無電梯）	一房一廳一餐一廚	兩房一廳一餐一廚

註：1LDK 中的 1，代表 1 個房間；L（Living Room）代表有客廳；D（Dining Room）代表有餐廳；K（Kitchen）代表有廚房，所以 1LDK 就是擁有一房一廳一餐一廚的房子。同理，1K 就是擁有一房一廚的房子，2LDK 就是擁有兩房一廳一餐一廚的房子。

7 家具付き

家具付き の 物件 を 探したい。
ka gu tsu ki no bu kken o saga shi ta i

（我）想找附傢俱的房子。

延伸單字 租屋時，還希望能附什麼設備呢？

エアコン	バルコニー	駐車場	インターネット
e a ko n	ba ru ko ni i	chuu sha joo	in taa ne tto
空調	陽台	停車場	網路

8 家賃

月5万円の 家賃 には ケーブルテレビ 料金が 含まれて いない。
tsuki go man en no ya chin ni wa ke e bu ru te re bi ryoo kin ga fuku ma re te i na i

每月5萬日元的房租不含第四台費用。

延伸單字　你可能想問：房租含不含以下費用？

水道代	電気代	ガス代	管理費
sui doo dai	den ki dai	ga su dai	kan ri hi
水費	電費	瓦斯費	管理費

註：日文常見的光熱費，是電費＋瓦斯費的總稱。

動詞變化

されていない形（不被狀態形）

要表現「不被……」的狀態，動詞要先改成 [被動形]，再改成 [否定狀態形]。以此句為例，動詞從 [原形] 的 [包含＝含む]，變成 [被動形] 的 [被包含＝含まれる]，再接 [否定狀態形] 的 [～ていない]，最後變成 [不被包含＝含まれていない]。被動形變化規則詳見 p. 20。

MP3

單元 22 仕事探し・找工作
shi goto saga

＊由此開始依順時針方向閱讀

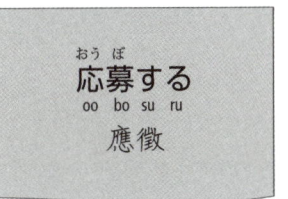

稼ぐ
kase gu
賺錢維生

履歴書
ri reki sho
履歷表

応募する
oo bo su ru
應徵

賃上げ
chin a ge
加薪

面接
men setsu
面試

学歴
gaku reki
學歷

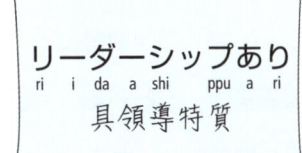

リーダーシップあり
ri i da a shi ppu a ri
具領導特質

採用条件
sai yoo joo ken
應徵條件

註：如果是應屆畢業生找工作，日文專有名詞叫做「就職活動」，簡稱「就活」。

1 履歴書

履歴書 を 書いて 志望企業 に 送った。
ri reki sho o ka i te shi boo ki gyoo ni oku tta
寫好履歷表，寄去想應徵的公司了。

履歴書 を 送った けど、写真 貼付 は 忘れた。
ri reki sho o oku tta ke do sha shin choo fu wa wasu re ta
履歷表寄出去了，但忘了貼照片。

補充說明

助詞	けど	雖然
名詞	履歴書 → 履歷表	レジュメ → 履歷表（另一種說法）

2 応募する

あの 仕事 に 応募しよう とする。
a no shigoto ni oobo shiyoo to suru

（我）想要應徵那個工作。

補充說明

名詞	動詞
求職＝求職	～に応募する → 應徵～（工作）
求人＝求才	～を募集する → 徵求～（人才）

句型解說

想要＿動詞＿＝＿動詞＿よう　とする

要表達「努力嘗試去做某動作」時，會以「動詞意向形＋とする」的形態表示，中文翻譯成「（努力）想要……」、「打算要……」。

動詞意向形變化規則詳見 p. 25。句型練習如下：

◆ [起きる] → 起きよう　とする　＝想要起床
◆ [受け取る] → 受け取ろう　とする　＝想要接受
◆ [結婚する] → 結婚しよう　とする　＝想要結婚

3 面接

やった！やっと 面接 が 通った。
yatta yatto mensetsu ga tootta

太好了！終於通過了面試。

しまった！今回 の 面接 に 落ちる かも。
shimatta konkai no mensetsu ni ochiru kamo

慘了！這次的面試可能過不了。

補充說明

動詞	
通る	通過
落ちる	失敗

MP3

4 採用条件

私 はその 採用条件 に ぴったり だ。
watashi wa so no sai yoo joo ken ni pi tta ri da

我完全符合那個應徵條件。

この 採用条件 なら、私 には 厳しい かも。
ko no sai yoo joo ken na ra watashi ni wa kibi shi i ka mo

這種應徵條件，對我來說可能太嚴格了。

句型解說

說不定／也許　動詞／形容詞／名詞
　　　　　＝　動詞／形容詞／名詞（原形）　かも

要表達說話者「不武斷、不確定」的推測時，會用「かもしれない」，口語化後省略成「かも」，中文翻譯成「說不定……」、「也許……」、「應該……」、「可能……」。

「かも」前面加推測的內容，可以是動詞的任何形態，也可以是形容詞、名詞等。句型練習如下：

- 動詞　　　［買う］　→　買う　　かも　＝說不定會買
- い形容詞　［いい］　→　いい　　かも　＝也許不錯
- な形容詞　［賑やか］→　賑やか　かも　＝應該很熱鬧
- 名詞　　　［一位］　→　一位　　かも　＝可能第一名

5 リーダーシップあり

リーダーシップあり の 人材を求めている。
ri i da a shi ppu a ri no jin zai o moto me te i ru

（我們）尋求具領導特質的人才。

延伸單字　公司還可能尋找哪些特質的人才呢？

礼儀正しい	やる気満々	協調性あり	コミュニケーション能力あり
rei gi tada shi i	ya ru ki man man	kyoo choo sei a ri	ko myu ni ke e sho n noo ryoku a ri
有禮貌	幹勁十足	合群	具溝通能力

6 学歴

学歴（がくれき）が 大事（だいじ）だが、職歴（しょくれき）が もっと 大事（だいじ）。
gaku reki ga dai ji da ga shoku reki ga mo tto dai ji

學歷雖然重要，但經歷更重要。

高校中退（こうこうちゅうたい）の 学歴（がくれき）は 就職ネック に なってしまう。
koo koo chuu tai no gaku reki wa shuu shoku ne kku ni na tte shi ma u

高中肄業的學歷成為求職瓶頸。

延伸單字　還有哪些學歷的表現方式呢？

〜卒業（そつぎょう）	〜終了（しゅうりょう）	浪人（ろうにん）	留年（りゅうねん）
sotsu gyoo	shuu ryoo	roo nin	ryuu nen
〜畢業	〜（碩士班）結業	重考	留級

7 賃上げ

景気（けいき）が 悪（わる）くても 賃上（ちんあ）げ の 方針（ほうしん）は 変（か）わらない。
kei ki ga waru ku te mo chin a ge no hoo shin wa ka wa ra nai

景氣雖然差，但加薪的方針不變。

延伸單字　說到薪水，還有哪些相關的單字呢？

給与（きゅうよ）	手当（てあ）て	残業代（ざんぎょうだい）	交通費（こうつうひ）
kyuu yo	te a te	zan gyoo dai	koo tsuu hi
薪水	加給／獎金	加班費	交通費

8 稼ぐ

この 副業（ふくぎょう）は いくら ぐらい 稼（かせ）げる か？
ko no fuku gyoo wa i ku ra gu ra i kase ge ru ka

這個副業大概可以掙多少錢？

補充說明

[動詞]
稼（かせ）ぐ　掙錢（維生）
儲（もう）かる　賺錢（獲利）

動詞變化

可能形

要表現「會……／可以……」的動作狀態，動詞要從 [原形] 的 [掙錢＝稼ぐ]，變成 [可能形] 的 [可以掙＝稼げる]。可能形變化規則詳見 p. 23。

MP3

單元 23 おしゃれ・打扮
o sha re

＊由此開始依順時針方向閱讀

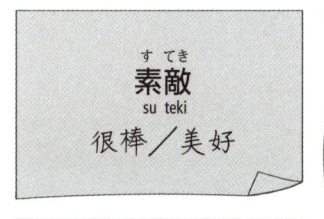

素敵 すてき su teki 很棒／美好	派手 はで ha de 花俏	イメチェン i me che n 改變形象
コーデ ko o de 穿搭		スキンケア su kin ke a 肌膚保養
イケメン i ke me n 帥哥	化粧する けしょう ke shoo su ru 化妝	ニキビ ni ki bi 青春痘

註：おしゃれ當成形容詞時，意思為「時尚的／時髦的」，這裡是名詞，意思為「打扮／時尚」。

1 派手

見かけ は 派手 でも、心 は 砂漠 だ。
mi ka ke wa ha de de mo kokoro wa sa baku da
即便外形花俏，內心卻如沙漠。

ああいう 派手 な ネイル、センス 悪！
a a i u ha de na ne i ru se n su waru
那麼花俏的指甲，品味真差。

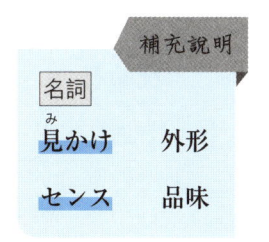

補充說明

名詞	
見かけ み	外形
センス	品味

127

2 イメチェン

カツラ を かぶって **イメチェン** した。
ka tsu ra o ka bu tte i me che n shi ta
戴上假髮，形象改變。

イメチェン なんて 私 に 向いて ない。
i me che n na n te watashi ni mu i te na i
改變形象那種事不適合我。

> 補充說明
>
> | 名詞 | 助詞 |
> |---|---|
> | カツラ　假髮 | ～なんて　～那種事／什麼的 |

動詞變化

てない形（否定狀態形）

要表現「不……的狀態」，動詞要從 [原形] 的 [適合＝向く]，變成 [否定狀態形] 的 [不適合＝向いていない]，動詞て形變化後，加いない。而口語上，常常將 [向いていない] 簡化說成 [向いてない]，省掉中間的い。て形變化規則詳見 p. 26。

3 スキンケア

スキンケア は めんどくさい！乳液 を 塗る なんて。
su ki n ke a wa me n do ku sa i nyuu eki o nu ru na n te
肌膚保養超麻煩！擦乳液什麼的。

延伸單字 除了乳液，還有哪些常見的保養品呢？

洗顔料	化粧水	美容液	マスク
sen gan ryoo	ke shoo sui	bi yoo eki	ma su ku
洗面乳	化妝水	精華液	面膜

MP3

4 ニキビ

これは ニキビ に 効く かしら？
ko re wa ni ki bi ni ki ku ka shi ra

這個對痘痘有效嗎？

延伸單字 除了痘痘，還有哪些需要改善的肌膚問題呢？

しみ	弛み	しわ	毛穴
shi mi	taru mi	shi wa	ke ana
斑點	鬆弛	皺紋	毛孔粗大

句型解說

___句子___ 嗎？ ＝ ___句子___ ＋ かしら？

女性自問自答時，會在自己問自己的句子後面，加 かしら。而男性自問自答時，則用「句子＋かな？」。

前面自問的內容，可以是動詞的任何形態，也可以是形容詞、名詞等。句型練習如下：

- ◆ 動詞原形　　［買う］→ ［買う］　　かしら？　＝要買嗎
- ◆ 動詞完成形　［帰る］→ ［帰った］　かしら？　＝回家了嗎
- ◆ 動詞狀態形　［使う］→ ［使ってる］かしら？　＝正在用嗎
- ◆ い形容詞　　［いい］→ ［いい］　　かしら？　＝好嗎
- ◆ な形容詞　　［元気］→ ［元気］　　かしら？　＝身體好嗎
- ◆ 名詞　　　　［本物］→ ［本物］　　かしら？　＝真貨嗎／本人嗎

5 化粧する

私 は あんまり 化粧 しない。口紅 だけ で 出かける。
watashi wa anmari ke shoo shi nai   kuchi beni da ke de de ka ke ru

我不太化妝。只擦個口紅就出門。

延伸單字　除了口紅，還有哪些常見的化妝品呢？

ファンデーション	化粧下地	マスカラ	アイシャドー
fa n dee sho n	ke shoo shita ji	ma su ka ra	a i sha do o
粉底	隔離霜	睫毛膏	眼影

---

6 イケメン

イケメン は タイプ じゃない。
i ke me n wa ta i pu ja na i

帥哥不是我的菜。

やっぱり イケメン が 好き。
ya ppa ri i ke me n ga su ki

（意料中）果然喜歡帥哥。

延伸單字　說到帥哥，還有哪些類似的單字呢？

マドンナ	美人	マッチョ	人気者
ma do n na	bi jin	ma ccho	nin ki mono
女神	美女	肌肉男	受歡迎的人

7 コーデ

<ruby>春<rt>はる</rt></ruby>らしい コーデ を したい。
haru ra shi i　ko o de　o　shi ta i
想穿搭出春天的氣息。

ブレザー に ジーンズ は <ruby>格好<rt>かっこう</rt></ruby>いい コーデ だ。
bu re za a　ni　ji i n zu　wa　ka kko i i　ko o de　da
西裝外套加牛仔褲，真是帥氣的穿搭。

延伸單字　說到衣服穿搭，還有哪些常見的款式呢？

ブラウス	Tシャツ	フレンチコート	ワイドパンツ
ba ru u su	tii sha ttsu	fu re n chi ko o to	wa i do pa n tsu
女用襯衫	T恤	風衣	喇叭褲

---

8 素敵

<ruby>素敵<rt>すてき</rt></ruby>な マフラー！ あなた に <ruby>似合<rt>にあ</rt></ruby>う！
su teki na　ma fu ra a　a na ta　ni　ni a u
很棒的圍巾！很適合你。

この ネックレス は <ruby>素敵<rt>すてき</rt></ruby>！ <ruby>買<rt>か</rt></ruby>って <ruby>頂戴<rt>ちょうだい</rt></ruby>！
ko no　ne kku re su　wa　su teki　ka tte　choo dai
這個項鍊好美！買給我！

單元 24 自炊（じすい）・自己下廚

*由此開始依順時針方向閱讀

美味しい（おいしい）
好吃

スーパーに行く（すうぱあにいく）
去超市

豚肉（ぶたにく）
豬肉

とんかつ（とんがつ）
炸豬排

味付け（あじつけ）
調味

粉をまぶす（こなをまぶす）
裹粉

揚げる（あげる）
油炸

鍋（なべ）
鍋子

1 スーパーに行く

一緒に スーパー に 買い物 行こう！
（いっしょに すうぱあ に かいもの いこお）
一起去超市買東西吧！

動詞變化

意向形（一起……吧！）

建議／邀請對方「一起……吧」，動詞要從原形的「行く」，變成意向形的「行こう」。意向形變化規則詳見 p. 25。

132　MP3

2 豚肉

<ruby>豚肉<rt>ぶたにく</rt></ruby> と <ruby>玉子<rt>たまご</rt></ruby> を <ruby>買<rt>か</rt></ruby>いたい。
buta niku to tama go o ka i ta i

我想買豬肉跟蛋。

延伸單字　除了豬肉，還有哪些食材？

<ruby>海老<rt>えび</rt></ruby>	<ruby>玉子<rt>たまご</rt></ruby>	<ruby>人参<rt>にんじん</rt></ruby>	にんにく
e bi	tama go	nin jin	ni n ni ku
蝦子	蛋	紅蘿蔔	蒜頭

---

3 味付け

<ruby>出来<rt>でき</rt></ruby>た！<ruby>食<rt>た</rt></ruby>べて みて。<ruby>味付<rt>あじつ</rt></ruby>け は どう？
de ki ta ta be te mi te aji tsu ke wa do o

完成了！嚐嚐看。調味怎麼樣？

延伸單字　對於調味，你可能有哪些感想呢？

しょっぱい	<ruby>甘<rt>あま</rt></ruby>い	<ruby>辛<rt>から</rt></ruby>い	すっぱい
sho ppa i	ama i	kara i	su ppa i
鹹	甜	辣	酸

註：「鹹」的另一個說法是「塩辛い」，不要看到有「辛」在裡面，就以為是辣喔！

4 鍋

なべ　　あぶら　　い　　　くだ
鍋 に 油 を 入れて 下さい。
nabe ni abura o i re te kuda sa i

請把油倒入鍋裡。

延伸單字 除了鍋子，食譜裡常出現哪些烹調工具呢？

フライパン	ふた	包丁 (ほうちょう)	ラップ
fu ra i pan	fu ta	hoo choo	ra ppu
平底鍋	鍋蓋	菜刀	保鮮膜

5 揚げる

あ　　　　りょうり　　　だいす
揚げる 料理 が 大好き。
a ge ru ryoo ri ga dai su ki

我最喜歡油炸料理。

延伸單字 除了炸，還有哪些烹調方式呢？

焼く (や)	炒める (いた)	茹でる (ゆ)	煮込む (にこ)
ya ku	ita me ru	yu de ru	ni ko mu
燒烤	熱炒	川燙	燉煮

6 粉をまぶす

粉を まぶす だけで 精一杯。
kona o ma bu su da ke de sei i ppai

光是裹粉就用盡精力了。

延伸單字 除了裹粉，還有哪些準備工作？

洗う	皮を剝く	すりおろし	千切り
ara u	kawa o mu ku	su ri o ro shi	sen gi ri
洗	削／剝皮	磨泥	切絲

句型解說

光是 __動詞／名詞__ 就用盡精力

＝ __動詞形／名詞__ だけで 精一杯

「だけ」是常見的助詞，意思是「僅僅／光是」。「精＋一杯」意思是「精力＋滿滿」，也就是「用盡精力」的意思。所以，日本人常說：我會「精一杯」努力！

「だけ」前面加的內容，可以是動詞的任何形態，也可以是名詞。句型練習如下：

◆ 動詞 ［食っていく］ → 食っていく だけで 精一杯

　　　　＝ 光是溫飽就耗盡精力。

◆ 名詞 ［現状維持］ → 現状維持 だけで 精一杯

　　　　＝ 光是維持現狀就耗盡精力。

7 とんかつ

私 は とんかつ に 目がない。
watashi wa tonkatsu ni me ga nai

我對炸豬排沒有抵抗力。

とんかつ だけで 満足。
tonkatsu dake de manzoku

只要有炸豬排就滿足。

句型
〜に目がない　對〜沒有抵抗力

8 美味しい

美味しい と 思う。
oishii to omou

我覺得很好吃。

延伸單字 除了好吃，還有哪些感想呢？

まずい	微妙	あっさり	油っぽい
mazui	bimyoo	assari	abura poi
難吃	奇特	清爽	油膩

單元 25 芸術文化鑑賞 ・藝文活動
gei jutsu bun ka kan shoo

＊由此開始依順時針方向閱讀

茶道 (sa too) 茶道

休日 (kyuu jitsu) 假日

暇をつぶす (hima o tsu bu su) 殺時間

浮世絵 (uki yo e) 浮世繪

コンサート (kon sa a to) 音樂會

歌舞伎を観る (ka bu ki o mi ru) 觀賞歌舞伎

講演 (koo en) 演講

美術館 (bi jutsu kan) 美術館

1 休日

休日 に 何 する？人 それぞれ だ。
kyuu jitsu ni nani su ru hito so re zo re da

假日要做什麼？因人而異。

延伸單字 與假日類似的單字還有哪些呢？

土日 (do nichi)	週末 (shuu matsu)	オフの日 (o fu no hi)	休み (yasu mi)
星期六日	週末	不工作的日子	休假日

2 暇をつぶす

A：暇のつぶし方を教えて！
　　hima no tsu bu shi　kata o　oshi e te
告訴我你殺時間的方法！

B：連ドラを見て暇をつぶす。
　　ren do ra　o　mi te　hima o tsu bu su
我看連續劇殺時間。

> 補充說明
>
> | 動詞 | | 名詞 | |
> |---|---|---|---|
> | 教えて（ください） | 告訴我 | 連ドラ | 連續劇 |

3 コンサート

あのコンサートのチケットはなかなか手に入らない。
a no　kon sa a to　no　chi ke tto　wa　na ka na ka　te ni　hai ra nai
那場音樂會門票很難弄到手。

さすが嵐の追っかけ！コンサート情報はいち早くゲット！
sa su ga　arashi no　o kka ke　　kon sa a to　joo hoo wa　i chi haya ku　ge tto
不愧是嵐的追星族！演唱會資訊最快時間獲得。

註：歌手、樂團的演唱會，也用コンサート。

> 補充說明
>
> | 助詞 | | 名詞 | |
> |---|---|---|---|
> | さすが | 不愧是 | 追っかけ | 追星族 |

MP3

4 美術館

A：美術館(びじゅつかん)は 大好物(だいこうぶつ)だ！
bi jutsu kan　wa　　dai koo butsu　da

美術館是我的最愛！

B：わかった ふり じゃん！
wa ka　tta　fu ri　ja n

不就是裝懂而已嗎！

補充說明

名詞

ふり　假裝

句型解說

不是 ＿名詞／動詞／形容詞＿ 嗎！
＝ ＿名詞／動詞／形容詞＿ じゃん！

「〜じゃん」是「〜じゃないか」的簡寫，意思是「〜不是嗎！」＝「就是〜嘛！」，看似否定實為肯定的句型。整句意思是「不是〜嗎！」，跟「〜是吧！」的句子有異曲同工之妙。「〜是吧！」＝「〜でしょ！」。

「じゃん」前面加的內容，可以是名詞、形容詞，也可以是動詞的任何形態，也。句型練習如下：

- 名詞　［セクハラ］　→　セクハラ　　じゃん！　＝ 不是性騷擾嗎！
- 形容詞　［ちょうどいい］　→　ちょうどいい　じゃん！　＝ 不是剛剛好嗎！
- 動詞　［勝(か)った］　→　勝(か)った　　じゃん！　＝ 不是贏了嗎！

5 講演

素晴らしい 講演 だ！ いい 勉強 に なった。
su ba ra shi i　koo en da　　i i ben kyoo ni na tta
很棒的演講！ 學到很多。

これ は 育児 に 関する 講演 だ。
ko re wa　iku ji ni kan su ru　koo en da
這是關於育兒的演講。

延伸單字 還有關於哪些主題的演講呢？

起業	健康	暮らし	海外移住
ki gyoo	ken koo	ku ra shi	kai gai i juu
創業	健康	生活	移民

6 歌舞伎を観る

歌舞伎 を 観ている うち に 寝ちゃった。
ka bu ki o mi te i ru u chi ni ne cha tta
觀賞歌舞伎時不小心睡著了。

延伸單字 還有哪些現場觀賞的戲劇類型呢？

能	狂言	オペラ	バレエ
noo	kyoo gen	o pe ra	ba re e
能劇	狂言	歌劇	芭蕾舞劇

註：歌舞伎、能劇、狂言同為日本古典戲劇，歌舞伎是江戶時期興起的庶民藝術；能劇多為王公貴族觀賞，主要表演者配戴面具；狂言則是雅俗共賞的誇張喜劇。

動詞變化

～ちゃった（不小心～）

要表現「不小心做了～」、「糟糕！做了～」的語意時，可以從動詞變化來著手。「～てしまった」=「～ちゃった」=「不小心做了～」。動詞要從原形的「寝る」，變成て形的「寝てしまった」，再變成口語化的「寝ちゃった」。て形變化規則詳見 p. 26。

MP3

7 浮世絵

色鮮やかな 浮世絵 に 惚れた。
いろあざやかな うきよえ に ほれた
iro aza ya ka na uki yo e ni ho re ta

愛上色彩鮮艷的浮世繪。

この 浮世絵 展 は 今日 まで だ。
この うきよえ てん は きょう まで だ
ko no uki yo e ten wa kyoo ma de da

這個浮世繪展到今天為止。

延伸單字 還有哪些繪畫、藝術類型呢？

水墨画	油絵	イラスト	インスタレーション
すいぼくが	あぶらえ		
sui boku ga	abura e	i ra su to	i n su ta re e sho n
水墨畫	油畫	插畫	裝置藝術

8 茶道

初心者向け の 茶道 教室 へ ようこそ。
しょしんしゃむけ の さどう きょうしつ へ ようこそ
Sho shin sha mu ke no sa doo kyoo shitsu he yo o ko so

歡迎來到針對初學者開設的茶道教室。

補充說明
| 助詞 | ～向け | 針對～ |
| 句型 | ～へようこそ | 歡迎來到～ |

延伸單字 還有哪些教授日本傳統文化的教室呢？

着付け	生け花	書道	俳句
きつけ	いけばな	しょどう	はいく
ki tsu ke	i ke bana	sho doo	hai ku
穿和服	插花	書法	俳句

III

目標夢想
實踐篇

單元 26 パーティーをやろう！・辦派對！
paatiioyaroo

＊由此開始依順時針方向閱讀

飾り付け かざりつけ
kaza ri tsu ke
裝飾

手配する てはいする
te hai su ru
安排

仕掛け人 しかけにん
shi ka ke nin
策畫人

おもてなし
o mo te na shi
貼心款待

誘う さそう
saso u
邀請

盛り上がる もりあがる
mo ri a ga ru
炒熱氣氛

ゲームをする
ge e muo su ru
玩遊戲

食べ物を用意する たべものをよういする
ta be monoo yoo i su ru
準備餐點

1 手配する

任せて！全て手配する。
まかせて すべて てはいする
maka se te sube te te hai su ru

包在我身上！我全會安排。

延伸單字 說到安排，有哪些事項需要安排的呢？

流れ なが	席 せき	宿泊 しゅくはく	交通手段 こうつうしゅだん
naga re	seki	shuku haku	koo tsuu shu dan
流程	座位	住宿	交通

144 MP3

2 仕掛け人

ドッキリ の 仕掛け人(しかけにん) として 失格(しっかく) だ。
do kki ri no shi ka ke nin to shi te shi kkaku da

身為整人遊戲的策畫人是失格的。

句型解說

身為 名詞（身分） ＝ 名詞（身分） **として**

這是表現「身為（某個身分）～」的句型。句子中，として前面接身分、定位、頭銜。句型練習如下：

- ［人間(にんげん)］ → 人間(にんげん)として、最低(さいてい)だ。
  ＝ 身為人，（那樣做）糟透了。
- ［親(おや)］ → 親(おや)として、当(あ)たり前(まえ)だ。
  ＝ 身為父母，（那樣做）理所當然。
- ［先進国(せんしんこく)］ → 先進国(せんしんこく)として、それは責任(せきにん)だ。
  ＝ 身為先進國家，那是責任。

---

3 誘う

A：誘(さそ)って くれて ありがとう。　　B：誘(さそ)って よかった。
　　saso tte ku re te a ri ga to o　　　　　　saso tte yo ka tta

　　謝謝你邀請我。　　　　　　　　　　　　還好有邀請（你）。

動詞變化

て形

這裡兩個句型「謝謝你為我做～」、「還好有做～」，都是把動詞變成て形後，再接「くれて（為我）ありがとう（謝謝）」以及「よかった（太好了）」。て形變化規則詳見 p.26。

4 食べ物を用意する

食べやすい 食べ物を用意した 方がいい。
ta be ya su i ta be mono o yoo i shi ta hoo ga i i

最好準備容易吃的餐點。

延伸單字 派對裡常見哪些餐點呢？

一口デザート	ミニバーガー	カクテル	発泡水
hito kuchi de za a to	mi ni ba a ga a	ka ku te ru	ha ppoo sui
一口甜點	小漢堡	調酒	氣泡水

5 ゲームをする

ゲームをして 気まずい 空気を和らげる。
ge e mu o shi te ki ma zu i kuu ki o yawa ra ge ru

玩遊戲緩和尷尬的氣氛。

延伸單字 聚會時，常常會玩哪些遊戲來拉近距離呢？

人生ゲーム	しりとり	王様ゲーム	椅子取りゲーム
jin sei ge e mu	shi ri to ri	oo sama ge e mu	i su to ri ge e mu
大富翁	文字接龍	真心話大冒險	大風吹

6 盛り上がる

盛り上がる ために ゲームをする。
mo ri a ga ru ta me ni ge e mu o su ru

為了炒熱氣氛玩遊戲。

延伸單字 還有哪些炒熱氣氛的方法呢？

ギャグ	物真似	抽選	下ネタ
gya ggu	mono ma ne	chuu sen	shimo ne ta
笑話梗	模仿	抽獎	黃色笑話

MP3

7 おもてなし

おもてなし の 心 で 接客する。
o mo te na shi no kokoro de se kkyaku su ru
以款待的心來待客。

美味しい 料理 で お客 を おもてなし しよう とする。
oi shi i ryoo ri de o kyaku o o mo te na shi shi yo o to su ru
設法用美味的料理來款待客人。

句型解說

設法去 __動詞__ ＝ __動詞（意向形）よう__ とする

這是表現「努力嘗試去～」、「設法去～」的句型。句子中，動詞變成意向形後，接とする。意向形動詞變化詳見 p. 25。句型練習如下：

- ［書く］ → 書こう とする ＝設法去寫
- ［答える］ → 答えよう とする ＝設法去回答
- ［理解する］ → 理解しよう とする ＝設法去理解

8 飾り付け

ホームパーティー の 飾り付け に やられた。
ho o mu paa ti i no kaza ri tsu ke ni ya ra re ta
被家庭派對的裝飾給整慘了。

補充說明

動詞 やられた（やる的被動完成式）
被打敗了／被整慘了

延伸單字 哪些時節場合也需要裝飾呢？

クリスマス	ハロウィン	お正月	ひな祭り
ku ri su ma su	ha ro wi n	o shoo gatsu	hi na matsu ri
聖誕節	萬聖節	新年	女兒節

單元 27 部活をやろう・辦社團
bu katsu o ya ro o

*由此開始依順時針方向閱讀

お世話 o se wa — 照顧

勧誘ポスター kan yuu po su ta a — 招募海報

部活 bu katsu — 社團

成果発表会 sei ka ha ppyoo kai — 成果發表會

部員募集 bu in bo shuu — 招生

打ち上げ u chi a ge — 慶功宴

人をまとめる hito o ma to me ru — 統合眾人

合宿 ga shuku — 集訓

1 勧誘ポスター

この 勧誘ポスター は 効果 が ある。
ko no kan yuu po su ta a wa koo ka ga a ru

這款招募海報有效。

延伸單字 招募有哪些常見的宣傳手法呢？

チラシ	口コミ	SNS	掲示板投稿
chi ra shi	kuchi ko mi	esu enu esu	kei ji ban too koo
傳單	口碑傳播	社群網路	網路留言

MP3

2 部活

A：部活 は もう 決まった か？
bu katsu wa mo o ki ma tta ka
已經決定要參加哪個社團了嗎？

B：はい、合唱部 に 入ろう かな と 思う。
ha i ga chou bu ni hai ro o ka na to omo u
對，我想要參加合唱社。

延伸單字　有哪些常見的社團呢？

帰宅部	バスケ部	ダンス部	演劇部
ki taku bu	ba su ke bu	da n su bu	en geki bu
回家社	籃球社	熱舞社	話劇社

註：「回家社」就是什麼社團都不參加的人，宣稱自己所參加的社團。

句型解說

我想要 ___動詞___ ＝ ___動詞（意向形）かな___ と思う

這是表現「我在想要不要～」、「我想要～」的句型。句子中，動詞變成意向形後，接「我想」的日文「と思う」。意向形動詞變化詳見 p. 25。句型練習如下：

◆ [話す] → 話そう　かな　と思う　＝我想要說

◆ [消える] → 消えよう　かな　と思う　＝我想要消失

◆ [来る] → 来よう　かな　と思う　＝我想要來

3 部員募集

A：部員募集に お疲れ様！
　　bu in bo shuu ni o tsuka re sama
招生辛苦了！

B：部員募集の ため なら いい けど。
　　bu in bo shuu no ta me na ra i i ke do
如果是為了招生，那倒沒關係。

> **補充說明**
> 片語
> お疲れ様　辛苦了
> いい　　　沒關係（當形容詞時，是「好的」的意思）

4 合宿

一泊二日 の 合宿 で 信頼関係 を 築く。
i ppaku futsu ka no ga sshuku de shin rai kan kei o kizu ku
透過兩天一夜的集訓建立互信。

新入生 なら 合宿 に 行った ほう が いい。
shin nyuu sei na ra ga sshuku ni i tta ho o ga i i
新生的話最好能參加集訓。

> **補充說明**
> 動詞　　　　　　　助詞
> 築く　建立　　　～なら　如果是～

150　MP3

5 人をまとめる

人をまとめるスキルを身につけたい。
想培養統合眾人的技巧。

人をまとめて大会を目指そう！
統合眾人，以大賽為目標吧！

動詞變化

意向形（……吧！）
建議／邀請對方「……吧」，動詞要從原形的「目指す」（以……為目標），變成意向形的「目指そう」（以……為目標吧）。意向形變化規則詳見 p. 25。

6 打ち上げ

A：打ち上げに来ないか？
要不要來慶功宴？

B：行くけど、余興をしないよ。
我會去，但不做餘興表演喔。

註：「打ち上げ」有另一個常見的意思，就是「施放」，常與煙火、火箭連用。

7 成果発表会

A：成果発表会 に 参加する 気 が ない。
　　せいか はっぴょうかい　　さんか　　　き
（我）沒打算要參加成果發表會。

B：どうして？あんなに 練習した のに。
　　　　　　　　　　れんしゅう
為什麼？那麼認真練習竟然不參加。

補充說明

名詞	
気	意願
助詞	
～のに	竟然～

延伸單字　成果發表會有哪些常見的形式呢？

公演	展覧会	大会	セミナー
koo en	ten ran kai	tai kai	se mi na a
公演	展覽	大賽	座談會

8 お世話

A：部活 ともども お世話 に なりました。
　　ぶかつ　　　　　　　せわ
社團等事承蒙照顧了。

B：後輩 の お世話 なんて とんでもありません。
　　こうはい　　せわ
說我照顧學弟妹，真是不敢當。

ほっといて！大きな お世話 だ。
　　　　　　　おお　　　　せわ
別管我！真是多管閒事。（反諷語）

註：照顧過了頭，就變成多管閒事。所以當「世話」前面用「大きな（好大的）」或「余計な（多餘的）」來形容，就變成「多管閒事」的意思。

單元 28 個人旅行に挑戦しよう！・挑戰自助旅行！
ko jin ryo koo ni choo sen shi yo o

*由此開始依順時針方向閱讀

両替する ryoo gae su ru
換外幣

ホテルを予約する ho te ru o yo yaku su ru
預約飯店

行先を決める yuki saki o ki me ru
決定去哪裡

スーツケース su u tsu ke e su
行李箱

航空券を買う koo kuu ken o ka u
買機票

荷物をまとめる ni motsu o ma to me ru
打包行李

旅ブログを読む tabi bu ro gu o yo mu
看旅遊部落格

問い合わせ to i a wa se
詢問

1 ホテルを予約する

湖 が 見える ホテル を 予約 した。
mizuumi ga mi e ru ho te ru o yo yaku shi ta

我訂了能看到湖的飯店。

延伸單字 訂房時，除了飯店，還有哪些選擇呢？

ゲストハウス	ホステル	旅館	コテージ
ge su to ha u su	ho su te ru	ryo kan	ko te e ji
民宿	青年旅館	日式旅館	小木屋

153

2 行先を決める

A：行先 を もう 決めた か？ やっぱり 東南アジア？
yuki saki o moo ki meta ka yappari toonan ajia
你已經決定去哪裡了嗎？果然還是東南亞嗎？

B：まだ 決めて ない。
ma da ki me te na i
還沒決定。

補充說明
助詞　もう　已經　まだ　還沒

延伸單字
決定出國了，你知道五大洲該怎麼說嗎？

アジア	ヨーロッパ	アメリカ	アフリカ	オセアニア
a ji a	yo o ro ppa	a me ri ka	a fu ri ka	o se a ni a
亞洲	歐洲	美洲	非洲	大洋洲

3 航空券を買う

A：深夜便 の 航空券 を 買っちゃった。
shin ya bin no koo kuu ken o ka ccha tta
我不小心買到紅眼班機的機票。

B：勘弁して！
kan ben shi te
饒了我吧！

延伸單字
買機票時，還可能指定哪些特殊的班機呢？

直行便	乗継便	チャーター便	格安便
cho kkoo bin	nori tsugi bin	cha a ta a bin	kaku yasu bin
直航班機	轉機班機	包機班機	廉價班機

註：近幾年很夯的廉價航空，日文也沿用英文，稱為 LCC（eru shii shii）。

4 問い合わせ

アプリ で 気軽 に 問い合わせ できる。
a pu ri de ki garu ni to i a wa se de ki ru
能用手機應用程式（APP）輕鬆詢問。

MP3

28・挑戰自助旅行！

延伸單字 規劃旅行時，會詢問哪些問題呢？

アクセス方法	送迎	時刻表	もの預かり
a ku se su hoo hoo	soo gei	ji koku hyoo	mo no azu ka ri
交通方式	接送	時刻表	寄物

5　旅ブログを読む

旅ブログ を 読んだ から、旅 に 出た。
tabi bu ro gu o yon da ka ra　tabi ni de ta

因為看了旅遊部落格而啟程出遊。

旅ブログ を 読む ことは 習慣 に なった。
tabi bu ro gu o yo mu ko to wa shuu kan ni na tta

看旅遊部落格成了（我的）習慣。

延伸單字 除了看部落格，還會透過哪些管道收集資料呢？

ネット評価	ユーチューバー	キャス主	旅行雑誌
ne tto hyoo ka	yu u chu u ba a	kya su nushi	ryo koo za sshi
網路評價	YouTube 網紅	直播主	旅遊雜誌

6　荷物をまとめる

明日 早い から、早く 荷物 を まとめ なさい！
a shita haya i ka ra　haya ku ni motsu o ma to me na sa i

明天要早起，所以請快點打包行李。

延伸單字 打包時，不要忘了帶哪些東西呢？

パスポート	現金	三日分の服	携帯	充電器	トラベルセット
pa su po o to	gen kin	mi kka bun no fuku	kei tai	juu den ki	to ra be ru se tto
護照	現金	三天的衣服	手機	充電器	旅行盥洗組

155

7 スーツケース

A：この スーツケース は 機内 持ち込み できる か？
　　ko no　su u tsu ke e su　wa　ki nai　mo chi ko mi　de ki ru ka
　　這個行李箱可以帶上飛機嗎？

B：航空会社 の 規定 に よる けど。
　　koo kuu kai sha no　ki tei　ni　yo ru　ke do
　　要看航空公司的規定。

補充說明

動名詞	
持ち込み	攜帶

動詞	
よる	依據

延伸單字　除了行李箱，還有哪些行李可以帶上飛機呢？

キャリーバッグ	リュック	パソコンバッグ	ベビーカー
kya ri i ba ggu	ryu kku	pa so ko n ba ggu	be bi i ka a
手提袋	後背包	電腦袋	嬰兒車

8 両替する

A：両替して おいて ください。
　　ryoo gae shi te　o i te　ku da sa i
　　請事先換好外幣。

B：現金 は どのくらい 持っておく か？
　　gen kin　wa　do no ku ra i　mo tte o ku　ka
　　要帶好多少現金呢？

句型解說

事先做好＿＿動詞＿＿ ＝ ＿＿動詞＿＿ておく

這是表現「事先做好某件事」、「提前準備好～」的句型。句子中，動詞變成て形後，接「おく」。另外，「ておく」念快一點會變成「とく」的音，所以這個句型口語化後就變成「動詞＋とく」了。て形動詞變化詳見 p. 26。句型練習如下：

◆ [書く]　→　書いて おく ＝ 書い とく ＝事先寫好
◆ [片付ける]　→　片付け て おく ＝ 片付け とく ＝事先整理好
◆ [用意する]　→　用意し て おく ＝ 用意し とく ＝事先準備好

MP3

單元 29 初めてのプレゼン・第一次上台簡報
haji me te no pu re ze n

*由此開始依順時針方向閱讀

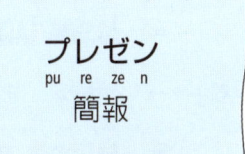

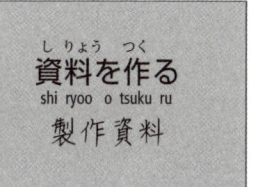

調子に乗る choo shi ni no ru
得意忘形

プレゼン pu re ze n
簡報

資料を作る shi ryoo o tsuku ru
製作資料

アドリブ a do ri bu
即興演出

グラフ gu ra fu
圖表

カンペ ka n pe
小抄

緊張する kin choo su ru
緊張

リハーサル ri ha a sa ru
預演

1 プレゼン

プレゼン は、練習 すれば するほど 上手く なる。
pu re ze n wa　ren shuu su re ba s u ru ho do　u ma ku na ru

簡報會越練習越熟練。

延伸單字　簡報時，需要哪些設備或工具呢？

プロジェクター pu ro je ku ta a
投影機

スライド su ra i do
投影片

レーザーポインター ree zaa po in ta a
投影筆

パソコン pa so ko n
電腦

157

句型解說

越＿動名詞＿越…… ＝ ＿動名詞＿すれば するほど……

這個「越～越～」的句型，用於表現「頻繁進行某動作後產生某結果」的句型。句子中，「動名詞＋すれば するほど」意思是「越是進行該動作」，後面再接「所產生的結果」。句型練習如下：

- [勉強（べんきょう）／頭（あたま）が痛（いた）くなる] → 勉強 すればするほど 頭が痛くなる
  ＝ 越念書 越頭痛

- [ゲーム／夢中（むちゅう）になる] → ゲーム すればするほど 夢中になる
  ＝ 越玩遊戲 越沉迷

- [筋（きん）トレ／大（おお）きくなる] → 筋トレ すればするほど 大きくなる
  ＝ 越練肌肉 越壯碩

2 資料を作る

A: 一生懸命（いっしょうけんめい） 資料を作った（しりょうをつくった） が、相手（あいて） を 説得（せっとく） できなかった。
　i sshoo ken mei　shi ryoo o tsuku tta　ga　ai te　o　se ttoku　de ki na ka　tta
　努力製作了資料，但還是無法說服對方。

B: まず、分（わ）かりやすい 資料（しりょう）を作（つく）り なさい。
　ma zu　wa ka ri ya su i　shi ryoo o tsuku ri　na sa i
　首先，請製作容易理解的資料。

延伸單字 說到資料，有哪幾種常見的呢？

データ	統計（とうけい）	文献（ぶんけん）	アンケート
de e ta	too kei	bun ken	a n ke e to
數據	統計	文獻	問卷調查

MP3

3 グラフ

A：グラフ を 読み取る 力 が ない。
　　gu ra fu　o　yo mi to ru　chikara　ga　na　i
（我）沒有解讀圖表的能力。

B：と言うことは、グラフ に 騙され やすい。
　　to i u ko to wa　gu ra fu　ni　dama sa re　ya su i
也就是說，容易被圖表欺騙。

延伸單字　說到圖表，有哪幾種常見的呢？

円グラフ	折れ線グラフ	棒グラフ	レーダーチャート
en gu ra fu	o re sen gu ra fu	boo gu ra fu	re e da a cha a to
圓餅圖	折線圖	柱狀圖	雷達圖

4 リハーサル

リハーサル の 時、ビデオ 撮って 確認した。
ri ha a sa ru　no　toki　bi de o　to tte　kaku nin shi ta
預演時，錄影下來做確認。

延伸單字　預演時，要確認哪些細節是否做到位呢？

時間配分	質問想定	区切り	笑顔
ji kan hai bun	shitsu mon soo tei	ku gi ri	e gao
時間分配	設想提問	分段	笑容

5 緊張する

A：私 は 人前に 立つ と 緊張する。
watashi wa hitomae ni tatsu to kinchoo suru

我站在人前就會緊張。

B：緊張する の は 当たり前 だ。
kinchoo suru no wa atarimae da

會緊張是當然的。

延伸單字 上台除了緊張，還可能出現哪些症狀呢？

不安	冷や汗をかく	噛む	あがり症
fu an	hi ya ase o ka ku	ka mu	a ga ri shoo
不安	冒冷汗	吃螺絲	怯場

6 カンペ

頭 が 真っ白 に なるとき、カンペ を 見れば いい。
atama ga masshiro ni naru toki, kanpe o mireba ii

腦筋一片空白時，可以看小抄。

動詞變化

條件形

表現「假設／如果」的語氣時，賦予句子一個條件，動詞要從原形的「見る」（看），變成條件形的「見れば」（如果看）。條件形變化規則詳見 p. 24。

160 MP3

7 アドリブ

A：その場(ば)に 合(あ)わせて アドリブ で 話(はな)してね。
so no ba ni a wa se te a do ri bu de hana shi te ne
請配合現場情況即興演説吧。

B：アドリブ で 話(はな)せる 場合(ばあい) じゃない。
a do ri bu de hana se ru ba ai ja na i
那不是能即興演説的場合。

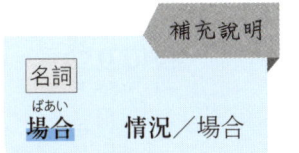

> 補充説明
> 名詞
> 場合(ばあい) 情況／場合

8 調子に乗る

A：競合(きょうごう) プレゼン に 勝(か)っても、調子(ちょうし) に 乗(の)る な。
kyoo goo pu re zen ni ka tte mo choo shi ni no ru na
即使贏了比稿，也別得意忘形。

B：調子(ちょうし) に 乗(の)る わけ ない じゃない。
choo shi ni no ru wa ke na i ja na i
（我）才沒有得意忘形哩。

> 補充説明
> 名詞
> 競合(きょうごう) プレゼン 比稿
> 慣用詞
> わけない 沒這回事

單元 30 ダイエットに成功 · 減重成功！
daietto ni seikoo

＊由此開始依順時針方向閱讀

役に立つ yaku ni ta tsu 有用	大根足 dai kon ashi 蘿蔔腿	ぽっちゃり po ccha ri 肉肉的
痩せる ya se ru 變瘦		体重を測る tai juu o haka ru 量體重
続ける tsudu ke ru 持續	無理する mu ri su ru 強迫	食事制限 shoku ji sei gen 飲食控制

1 大根足

大根足 の 他、たくさんの 贅肉 も 落としたい。
dai kon ashi no hoka ta ku san no zei niku mo o to shi ta i

除了蘿蔔腿，還想消除很多地方的贅肉。

延伸單字 說到贅肉，常見哪些形容局部肥胖的字眼呢？

垂れ尻 ta re jiri 大屁股	太鼓腹 tai ko bara 啤酒肚	二重あご ni juu a go 雙下巴	振袖 furi sode 掰掰袖

162 MP3

2 ぽっちゃり

ぽっちゃり 女 が 可愛い と 思う。
po ccha ri　onna ga　ka wai i　to　omo u

（我）覺得肉肉的女生很可愛。

延伸單字　還有哪些字眼可以表現肥胖呢？

デブ	太る	ふっくら	マシュマロ体型
de bu	futo ru	fu kku ra	ma shu ma ro tai kei
胖子	變胖	膨脹	棉花糖體型

---

3 体重を測る

A：**体重を測り**なさい。
　　tai juu o haka ri na sa i
　　請量體重。

B：**体重を 測る** 勇気 は ない。
　　tai juu o　haka ru　yuu ki　wa na i
　　（我）沒有量體重的勇氣。

---

4 食事制限

若い頃、**食事制限** を したり やめたり していた。
waka i koro　shoku ji sei gen o　shi ta ri　ya me ta ri　shi te i ta

年輕時，一下控制飲食、一下又放棄。

延伸單字　有哪些飲食控制的方式呢？

間食をやめる	炭水化物抜き	断食	夕食抜き
kan shoku o ya me ru	tan sui ka butsu nu ki	dan jiki	yuu shoku nu ki
只吃正餐	不吃澱粉	禁食	不吃晚餐

163

句型解說

一下 動詞1 一下 動詞2
＝ 動詞1 たり 動詞2 たり する

這個「一下～ 一下～」的句型，用於表現「動作的反覆無常」，通常動詞1與動詞2是相反的兩個動作。句子中，動詞1要變成た形＋り，動詞2也要變成た形＋り，然後再＋する。た形變化規則詳見 p.27。句型練習如下：

- [行く／来る] → 行ったり 来たり する
  ＝ 一下去 一下來

- [笑う／泣く] → 笑ったり 泣いたり する
  ＝ 一下笑 一下哭

- [雨が降る／止む] → 雨が降ったり 止んだり する
  ＝ 一下下雨 一下又停

5 無理する

A：無理して 一日 一万歩 を 達成！
　　mu ri shi te ichi nichi ichi man po o ta ssei
　　強迫自己達成一天一萬步！

B：私 には 無理 です。
　　watashi ni wa mu ri de su
　　對我來說是不可能的。

補充說明
な形容詞　無理（な）　不可能的

164　MP3

6 続ける

A：根気よく 続ける ことは 大切 だ。
　　konki yoku tsudukeru koto wa taisetsu da
　有耐性地持續下去是很重要的。

B：続けたい けど、続けられない。
　　tsuduketai kedo tsudukerarenai
　很想持續，卻無法持續。

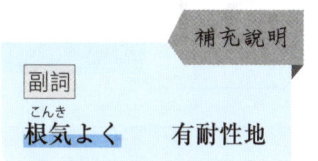

> **補充說明**
> 副詞
> 根気よく　　有耐性地

7 痩せる

A：痩せる コツ を 教えて！
　　yaseru kotsu o oshiete
　告訴我變瘦的訣竅！

B：食べ方 を 変えれば 痩せる。
　　tabekata o kaereba yaseru
　改變飲食方式，就能變瘦。

動詞變化

條件形
要表現 假設／如果 的語氣，或是賦予句子一個條件時，動詞要從原形的「変える」（改變），變成條件形的「変えれば」（如果改變）。條件形變化規則詳見 p. 24。

8 役に立つ

A：この ダイエット法 は 役 に 立たない。
　　kono daietto hoo wa yaku ni tatanai
　這個減重法沒有用。

B：私 には 役 に 立つ けど。
　　watashi ni wa yaku ni tatsu kedo
　對我來説有用。

單元 31 新車を買う・買新車
しんしゃをかう
shin sha o ka u

*由此開始依順時針方向閱讀

駐車場 ちゅうしゃじょう chuu sha joo 停車場

運転免許 うんてんめんきょ un ten men kyo 駕照

運転する うんてん un ten su ru 開車

ガソリンスタンド ga so ri n su ta n do 加油站

乗せる の no se ru 載

保険に入る ほけんにはいる ho ken ni hai ru 買保險

サンルーフ sa n ru u fu 天窗

コンパクトカー ko n pa ku to ka a 小車

1 運転免許

A：レンタカー を 借りたい んですが。
　　re n ta ka a o ka ri ta i n de su ga
　　我想租車。

B：運転免許 を お持ち でしょう か。
　　un ten men kyo o o mo chi de sho o ka
　　您有帶駕照嗎？

2 運転する

お酒を飲んだら、運転するな。
o sake o no n da ra　un ten su ru na

喝酒不開車。

延伸單字　駕駛時，有哪些基本動作呢？

左折する	右折する	直行する	バックする	Uターンする	追い越す
sa setsu su ru	usetsu su ru	cho kkoo su ru	ba kku su ru	yuu taa n su ru	o i ko su
左轉	右轉	直走	倒車	回轉	超車

---

3 乗せる

A：この車は自転車を乗せられるか？
　　ko no kuruma wa　ji ten sha o　no se ra re ru ka

這輛車可以載自行車嗎？

B：もちろん。大きい荷物も載せられる。
　　mo chi ro n　oo ki i　ni motsu mo　no se ra re ru

當然。也可以載大型行李。

動詞變化

可能形
要表現「會……／可以……」的動作狀態，動詞要從 [原形] 的 [載＝乗せる]，變成 [可能形] 的 [可以載＝乗せられる]。可能形變化規則詳見 p.23。

4 コンパクトカー

高級車 が 欲しい が、貯金 では コンパクトカー しか 買えない。
こうきゅうしゃ　ほ　　　　ちょきん　　　　　　　　　　　　　　か
koo kyuu sha ga ho shi i ga cho kin de wa kon pa ku to kaa shi ka ka e na i

（我）想買高級車，但存款只能買小車。

延伸單字　還有哪些車型呢？

ミニバン	SUV	エコカー	スポーツカー
mi ni ban	esu yuu vii	e ko kaa	su poo tsu kaa
七人座休旅	休旅車	環保車	跑車

---

5 サンルーフ

A：サンルーフ 付き の 車 を 探している。
　　　　　　　　つ　　　くるま　　さが
　　san ruu fu tsu ki no kuruma o saga shi te i ru

（我）正在找附天窗的車。

B：オープンカー を 買ったら？
　　　　　　　　　　　か
　　oo pun kaa o ka ttara

何不就買敞篷車呢？

延伸單字　車子還有哪些配備呢？

エアバッグ	カーナビ	革シート	カーオーディオ
e a ba ggu	ka a na bi	kawa shi i to	ka a oo di o
安全氣囊	汽車導航	皮椅	汽車音響

MP3

6 保険に入る

A：新車なら、保険に入ったほうがいい。
　　shin sha na ra　ho ken ni hai tta　hoo ga i i
　　新車的話，最好買保險。

B：保険料の相場はどのくらいなの？
　　Ho ken ryoo no　soo ba wa　do no ku ra i　na o
　　保險費的行情大概是多少？

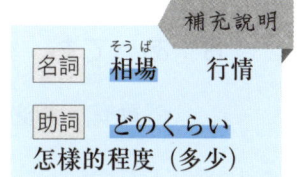

補充說明
| 名詞 | 相場 | 行情 |
| 助詞 | どのくらい | 怎樣的程度（多少） |

延伸單字 有哪些常見的保險種類呢？

自動車保険	生命保険	医療保険	介護保険
ji doo sha ho ken	sei mei ho ken	i ryoo ho ken	kai go ho ken
汽車險	壽險	醫療險	長照險

7 ガソリンスタンド

A：ガソリンスタンドにて満タンにしてください。
　　ga so ri n su ta n do　ni te　man ta n　ni shi te　ku da sa i
　　請去加油站把油加滿。

B：最寄りのガソリンスタンドはどこですか？
　　mo yo ri no　ga so ri n su ta n do wa　do ko de su ka
　　最近的加油站在哪呢？

延伸單字 加油時，要認識哪些單字呢？

レギュラー	ハイオク	軽油	セルフ
re gyu ra a	ha i o ku	kei yu	se ru fu
普通汽油	高級汽油	柴油	自助加油

8 駐車場

A：近くに 無料駐車場 は なさそう。
chika ku ni mu ryoo chuu sha joo wa na sa so o

看樣子附近好像沒有免費停車場。

B：あっても、きっと 満車 に 違いない。
a tte mo ki tto man sha ni chiga i na i

就算有，想必一定沒車位。

句型解說

看樣子好像 ＿＿＿＿ ＝ 動詞ます形 そう
　　　　　　　　　＝ 動詞否定、去い加さ そう
　　　　　　　　　＝ な形容詞 そう
　　　　　　　　　＝ い形容詞去い そう

這是表現「推測」的句型，依據自己所見下判斷，是有根據的推測，意思是「看樣子好像……」。若是「看樣子好像＋動詞」，動詞變成ます形後，接そう。若是「看樣子好像＋否定動詞」，否定動詞「〜ない」變成「〜なさ」後，接そう。若是「看樣子好像＋形容詞」，な形容詞的話，直接接そう；い形容詞的話，去い接そう。ます形動詞變化詳見 p. 22。句型練習如下：

- ◆ 動詞　　　　[遅れる]　→　遅れ　　　　そう　＝看樣子好像會遲到
- ◆ 動詞否定　　[聞こえない]　→　聞こえなさ　そう　＝看樣子好像聽不到
- ◆ な形容詞　　[賑やか]　→　賑やか　　　そう　＝看樣子好像很熱鬧
- ◆ い形容詞　　[美味しい]　→　美味し　　　そう　＝看樣子好像很好吃

單元 32　資格を取る・取得證照
shi kaku o to ru

＊由此開始依順時針方向閱讀

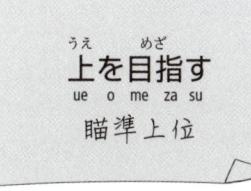

上を目指す (ue o me za su)　瞄準上位

一生懸命 (i sshoo ken mei)　拼命

検定試験 (ken tei shi ken)　檢定考

過去問 (ka ko mon)　考古題

資格 (shi kaku)　證照

ノートを取る (no o to o to ru)　作筆記

塾に通う (juku ni kayo u)　上補習班

申し込む (moo shi ko mu)　報名

1 一生懸命

奨学金 の ため、一生懸命 勉強 している。
shoo gaku kin no ta me　i sshoo ken mei　ben kyoo shi te i ru

為了獎學金，拼命念書。

延伸單字　要表現「拼命」，還有哪些單字呢？

命がけ (inochi ga ke)　賭上性命

がむしゃら (ga mu sha ra)　不顧一切

必死 (hi sshi)　拚死拚活

真剣 (shinn ken)　認真

171

2 検定試験

A：検定試験 に 落ちた！
　　けんていしけん　　お
　　ken tei shi ken ni o chi ta
　（我）檢定考沒過！

B：万年 不合格 だ。
　　まんねん ふごうかく
　　man nen fu goo kaku da
　　萬年不及格。

延伸單字　日本有哪些常見的檢定呢？

英語検定	秘書検定	金融検定	簿記検定
えいごけんてい	ひしょけんてい	きんゆうけんてい	ぼきけんてい
ei go ken tei	hi sho ken tei	kin yuu ho ken	bo ki ho ken
英語檢定	秘書檢定	金融檢定	簿記檢定

3 資格

A：仕事 に 必要な 資格 を 持っている。
　　しごと　　ひつよう　　しかく　　も
　　shi goto ni hitsu yoo na shi kaku o mo tte i ru
　（我）具備工作所需的證照。

B：それで、賃上げ に なった か？
　　　　　　ちんあ
　　so re de chin a ge ni na tta ka
　　所以，加薪了嗎？

延伸單字　有哪些常見的職業需要考證照呢？

教師	保険士	宅建士	介護福祉士
きょうし	ほけんし	たっけんし	かいごふくしし
kyoo shi	ho ken shi	ta kken shi	kai go fuku shi shi
教師	保險師	不動產經理人	長照師

MP3

4 申し込む

A：どうやって 申し込む か？
　　do　o　ya　tte　moo shi ko mu　ka
　　要怎麼報名？。

B：ネット で 申し込める らしい。
　　ne　tto　de moo shi ko me ru　ra shi i
　　好像可以網路報名。

動詞變化

可能形

要表現「會……／可以……」的動作狀態，動詞要從 [原形] 的 [報名＝申し込む]，變成 [可能形] 的 [可以報名＝申し込める]。可能形變化規則詳見 p.23。

5 塾に通う

A：息子 は 勉強 できない。
　　musuko　wa　ben kyoo　de ki na i
　　（我）兒子不會念書。

B：塾 に 通えば 何とか なる。
　　juku　ni　kayo e ba　nan to ka　na ru
　　上補習班的話，總會有辦法。

動詞變化

條件形

要表現「假設／如果」的語氣，或是賦予句子一個條件時，動詞要從原形的「通う」（頻繁去），變成條件形的「通えば」（如果頻繁去）。條件形變化規則詳見 p.24。

6 ノートを取る

A：授業中きれいな ノートを取っていた。
ju gyoo chuu ki re i na no o to o tte i ta
（我）上課時作了整齊的筆記。

B：貸して ちょうだい。
ka shi te cho o da i
借我。

註：上課時作筆記，叫做「ノートを取る」；臨時想到重點而記筆記，叫做「メモを取る」。

7 過去問

補充説明

| 副詞 | ひたすら | 一昧地 |
| 名詞 | 無理 | 不可能 |

A：過去問 を 解いている。
ka ko mon o to i te i ru
（我）正在寫考古題。

B：過去問 を ひたすら 解く だけ では 無理 だ。
ka ko mon o hi ta su ra to ku da ke de wa mu ri da
只是一昧地寫考古題，也不可能（通過）。

8 上を目指す

A：上 を 目指して 頑張って きた。
ue o me za shi te gan ba tte ki ta
（我）瞄準上位一路努力到現在。

B：頑張れ！あと 少し。
gan ba re a to suko shi
加油！只差一點了。

動詞變化

てきた形（持續／演變過來形）

要表現動作「持續過來」或「演變過來」的狀態，動詞要從 [原形] 變成 [てきた形]，也就是從 [努力＝頑張る] 變成 [努力過來＝頑張ってきた]，動詞て形變化後，加きた。て形變化規則詳見 p.26。

MP3

單元 33 貯金百万に達成！· 存下 100 萬！
ちょ きん ひゃく まん   たっ せい
cho kin hyaku man ni ta ssei

*由此開始依順時針方向閱讀

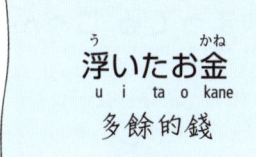

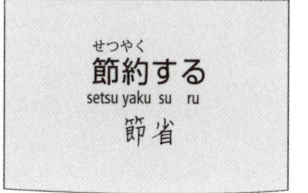

- 金欠病 (きんけつびょう / kin ketsu byoo) 缺錢病
- 浮いたお金 (ういたおかね / u i ta o kane) 多餘的錢
- 働く (はたらく / hatara ku) 工作
- 泡銭 (あぶくぜに / abuku zeni) 橫財
- 稼ぐ (かせぐ / kase gu) 賺錢（維生）
- 利回り (りまわり / ri mawa ri) 配息
- 投資する (とうしする / too shi su ru) 投資
- 節約する (せつやくする / setsu yaku su ru) 節省

1 浮いたお金

A：コーヒー を やめて、5万円 の 貯金 が 増えた。
　　ko o hi i o ya me te　go man en no cho kin ga fu e ta
　　戒掉咖啡，存款多了五萬日圓。

B：浮いた お金 で 旅行 でも 行こうよ。
　　u i ta o kane de ryo koo de mo i ko o yo
　　拿多餘的錢去旅行吧。

175

2 働く

A：何のために働くの？
　　なん　　　　　　　はたら
　　nan no ta me ni hataraku no

為了什麼工作？

B：お金のために決まってるじゃん。
　　かね　　　　　　き
　　o kane no ta me ni ki ma tte ru ja n

當然是為了錢。

句型解說

當然是呀！＿＿＿＿＿＿
＝ 名詞／動詞／形容詞 に決まってるじゃん！

「〜に決まっている」是「當然是〜」「一定是〜」的意思是。其後的「じゃん」是「じゃないか」的簡寫，意思是「〜不是嗎！」＝「就是〜呀！」，看似否定實為肯定的用法。整句意思是「當然是〜呀！」。

空格處可以填入名詞、形容詞，也可以填入動詞的任何形態。句型練習如下：

◆ 名詞　[偽情報] → 偽情報 に決まってるじゃん！
　　　　　にせじょうほう　　にせじょうほう
　　　　　＝ 當然是假消息呀！

◆ 形容詞 [高い] → 高い に決まってるじゃん！
　　　　　たか　　　　たか　　　　き
　　　　　＝ 當然是很貴呀！

◆ 動詞　[振られた] → 振られた に決まってるじゃん！
　　　　　ふ　　　　　ふ
　　　　　＝ 當然是被甩了呀！

MP3

3 稼ぐ

A：いくら 稼い でも 足りない。
　　i ku ra kase i de mo ta ri na i
不管怎麼賺錢都不夠用。

B：わかるわかる。
　　wa ka ru wa ka ru
我懂我懂。

句型解說

不管怎麼＿動詞1＿，都不＿動詞2＿。
＝いくら＿動詞1＿ても、＿動詞2＿ない。

這是強調動作頻率的句型。＿動詞1＿要改成て形加も，＿動詞2＿要改成ない形。て形變化規則詳見 p. 26；ない形變化規則詳見 p. 19（參照 p. 100 句型解說）。

4 節約する

A：電気代 を 節約する ため、クーラー は つけない。
　　den ki dai o setsu yaku su ru ta me ku u ra a wa tsu ke na i
為了節省電費，不開冷氣。

B：参った！暑くて 倒れそう！
　　mai tta atsu ku te tao re so o
我投降！熱到快要暈倒了。

延伸單字　生活上，有哪些費用可以節省呢？

食費	通信費	交通費	教育費
shoku hi	tsuu shin hi	koo tsuu hi	kyoo iku hi
餐費	通訊費	交通費	教育費

5 投資する

A：外貨 に 投資したい。
　　がいか　　　とうし
　　gai ka ni too shi shi ta i
　（我）想投資外幣。

B：本気 なの？英語 と 数学 が 下手な のに。
　　ほんき　　　えいご　　すうがく　　へた
　　hon ki na no ei go to suu gaku ga he ta na no ni
　　認真的嗎？英文與數學那麼差還……。

延伸單字　除了外幣，還有哪些常見的投資標的呢？

株	債券	不動産	投資信託
かぶ	さいけん	ふどうさん	とうししんたく
kabu shiki	sai ken	fu doo san	too shi shin taku
股票	債券	房地產	基金

6 利回り

A：高い 利回り を 求めて いる。
　　たか　　りまわ　　　もと
　　ta ka i ri mawa ri o mo to me te i ru
　（我）追求高配息。

B：リーマンショック の 教訓 を 忘れた か？
　　　　　　　　　　　　きょうくん　　わす
　　ri i man sho kku no kyoo kun o wasu re ta ka
　　你忘了雷曼兄弟破產的教訓嗎？

延伸單字　投資時，還可能注重哪些面向呢？

リターン	リスク	手数料	為替レート
		てすうりょう	かわせ
ri taa n	ri su ku	te suu ryoo	ka wase re e to
報酬率	風險	手續費	匯率

MP3

7 泡銭

A：夢のように泡銭を手に入れた。
yume no yoo ni abuku zeni o te ni i re ta
像夢一樣發了橫財。

B：ラッキーだね。おごって！
ra kkii da ne　o go tte
好幸運。請客！

補充說明
動詞
おごる　請客

延伸單字 有哪些不需努力就能大賺一筆的橫財呢？

宝くじ当選	株価暴騰	遺産相続	競馬で勝ち
takara ku ji too sen	kabu ka boo too	i san soo zoku	kei ba de ka chi
中樂透	股票暴漲	繼承遺產	贏了賽馬

8 金欠病

A：この頃金欠病にかかっている。
ko no goro kin ketsu byoo ni ka ka tte i ru
最近染上缺錢病。

B：私はずっと治らない。
watashi wa zu tto nao ra nai
我是一直沒治好。

延伸單字 還有哪些常見的病，其實不是病呢？

完璧病	五月病	お姫様病	恋の病
kan peki byoo	go gatsu byoo	o hime sama byoo	koi no yamai
完美病	環境適應不良症	公主病	相思病

註：日本的新學期或工作新任期都從四月開始，所以五月普遍出現的焦慮、身心無力等症狀，被稱為「五月病」，即新環境適應不良症。

單元 34 起業しよう！・創業吧！
ki gyoo shi yo o

*由此開始依順時針方向閱讀

行列ができる (gyoo retsu ga de ki ru) 大排長龍

商売 (shoo bai) 生意

市場調査 (shi joo choo sa) 市場調查

店をやる (mise o ya ru) 開店

競合 (kyoo goo) 競爭

リスクを負う (ri su ku o ou) 承擔風險

マーケティング戦略 (maa ke tin gu sen ryaku) 行銷策略

コスパ (ko su pa) CP 值

1 商売

A：商売 が 暇だ。
　 shoo bai ga hima da
　 生意真清淡。

B：そろそろ ほか の 商売 を 考えない と。
　 So ro so ro ho ka no shoo bai o kanga e na i to
　 是該考慮做做別的生意了。

MP3

2 市場調査

市場調査 によって 顧客像 を 把握する。
shi joo choo sa ni yo tte ko kyaku zoo o ha aku su ru
透過市調，掌握顧客的全貌。

市場調査 してから 立地 を 決める。
shi joo choo sa shi te ka ra ri cchi o ki me ru
先做市調，再決定地點。

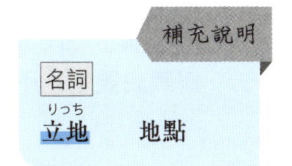

> 補充說明
> 名詞
> 立地　地點

延伸單字　市調結果可以用於哪些決策呢？

製品	価格	流通	プロモ
sei hin	ka kaku	ryuu tsuu	pu ro mo
商品	價格	通路	促銷

3 店をやる

A：フランチャイズ で 店 を やって みたい。
　　fu ran cha i zu de mise o ya tte mi ta i
　　（我）想以加盟的方式開店試試。

B：ロイヤルティ など を 考えない と。
　　ro i ya ru ti na do o kanga e na i to
　　權利金之類的不考慮不行。

> 補充說明
> 名詞
> フランチャイズ　加盟
> ロイヤルティ　權利金

延伸單字　通常會選擇哪些地點開店呢？

自宅	繁華街	商店街	駅前
ji taku	han ka gai	shoo ten gai	eki mae
自家	鬧區	商店街	車站前

4 競合

競合(きょうごう)というより、むしろ共存(きょうぞん)のほうが大(おお)きい。
kyoo goo to i u yo ri mu shi ro kyoo zon no ho o ga oo ki i

與其說競爭，不如說共存的情況更顯著。

句型解說

與其說_____ 不如說_____
＝_____ というより、むしろ_____

這是表現「比較」的句型，用於「比較兩樣概念後，選擇自己偏好的那一樣來詮釋」。「という」中文意思是「所謂的」；「より」中文意思是「比起」；「むしろ」漢字寫成「寧ろ」，中文意思是「寧可」。空格處可以填入名詞／動詞／形容詞。句型練習如下：

◆ 名詞　［約束(やくそく)／束縛(そくばく)］
　→ 約束(やくそく)というより、むしろ束縛(そくばく)だ。
　＝ 與其說約定，不如說束縛。

◆ 動詞　［儲(もう)かる／食(く)っていける］
　→ 儲(もう)かるというより、むしろ食(く)っていけるんだ。
　＝ 與其說賺大錢，不如說可以維生。

◆ 形容詞　［大(おお)らか／図々(ずうずう)しい］
　→ 大(おお)らかというより、むしろ図々(ずうずう)しいんだ。
　＝ 與其說大方，不如說厚臉皮。

5 リスクを負う

A：起業する気 なの？
きぎょう き
ki gyoo su ru ki na no

打算創業嗎？

B：はい、リスク を 負う 心の準備 が で き て いる。
お こころ じゅんび
ha i ri su ku o o u kokoro no jun bi ga de ki te i ru

對，做好承擔風險的心理準備。

> **動詞變化**
>
> ている形（正在持續形）
>
> 要表現動作的 持續狀態「正在／持續……」，動詞要從 [原形] 的「做好＝できる」變成 [正在持續形] 的「正做好＝できている」。也就是動詞て形變化後，加いる。て形變化規則詳見 p. 26。

6 マーケティング戦略

マーケティング戦略を練るとき、彼を知り己を知れば百戦殆うからず。
せんりゃく ね かれ し おのれ し ひゃくせんあや
ma a ke ti n gu sen ryaku o ne ru to ki kare o shi ri onore o shi re ba hyaku sen aya u ka ra zu

擬定行銷策略時，知己知彼才能百戰百勝。

延伸單字 說到行銷策略，有哪些耳熟能詳的切入點呢？

顧客ロイヤルティ
こきゃく
ko kyaku ro i ya ru ti

顧客忠誠度

経験価値マーケティング
けいけんかち
kei ken ka chi ma a ke ti n gu

體驗行銷

ブランディング
bu ra n di n gu

建立品牌

希少性マーケティング
きしょうせい
ki shoo sei ma a ke ti n gu

飢餓行銷

7 コスパ

若者 は コスパ を 重視する。
waka mono wa ko su pa o juu shi su ru

年輕人重視 CP 值。

コスパ の 高い製品 を 出したい。
ko su pa no taka i sei hin o da shi ta i

想推出 CP 值高的商品。

8 行列ができる

A：あの店、いつも 行列 が できている。
　　a no mise　　i tsu mo gyoo retsu ga de ki te i ru

那家店總是大排長龍。

B：料理 は 頬 が 落ちる ほど 美味しい ので。
　　ryoo ri wa hoo ga o chi ru ho do o i shi i no de

因為料理好吃到下巴掉下來。

慣用詞	
頬が落ちる	超級美味

補充說明

單元 35 人間関係を改善しよう！・改善人際關係！
にんげんかんけい かいぜん
nin gen kan kei o kai zen shi yo o

*由此開始依順時針方向閱讀

人当たり hito a ta ri
待人態度

手伝う te tsuda u
幫忙

素直 su nao
真誠

人間味 nin gen mi
人情味

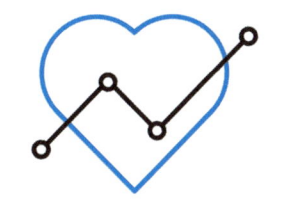

笑顔 e gao
笑臉

連絡を取り合う ren raku o to ri a u
保持連絡

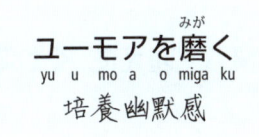

ユーモアを磨く yu u mo a o miga ku
培養幽默感

空気を読む kuu ki o yo mu
察言觀色

1 手伝う

A：何か 手伝う こと ある？
　　nani ka　te tsuda u　ko to　a ru
　　有什麼要幫忙的嗎？

B：もう 大丈夫。
　　mo o　dai joo bu
　　已經沒關係了。

185

2 素直

素直に 感謝の 気持ちを 伝えた。
su nao ni kan sha no ki mo chi o tsuta e ta

真誠地傳達感謝之意。

素直な 人に 惹かれる。
su nao na hito ni hi ka re ru

被真誠的人吸引。

> **動詞變化**
>
> **被動形**
>
> 要表現「被……」的動作狀態，動詞要從 [原形] 的 [吸引＝惹く]，變成 [被動形] 的 [被吸引＝惹かれる]，被動形變化規則詳見 p. 20。

3 笑顔

A：彼は いつも 笑顔で 迎えて くれる。
kare wa i tsu mo e gao de muka e te ku re ru

他總是笑臉迎接我。

B：それは 何よりだ。
so re wa nani yo ri da

那樣真好。

延伸單字　還有哪些臉呢？

不機嫌顔	びっくり顔	泣き顔	おどけた顔
fu ki gen gao	bi kku ri kao	na ki gao	o do ke ta kao
臭臉	驚訝臉	哭喪臉	鬼臉

MP3

4 空気を読む

A：欠伸 なんか やめて。少し 空気 を 読もう よ。
　　aku bi　na n ka　ya me te　suko shi　kuu ki　o　yo mo o　yo

不要打哈欠了。察言觀色一下好嗎。

B：だって 眠いん だもん。
　　da　tte　nemu i n　da mo n

因為很睏嘛！

句型解說

因為 _____ 嘛！＝だって ___名詞＋なん___ だもん。
　　　　　　　　　　　　　　な形容詞＋なん
　　　　　　　　　　　　　　い形容詞＋ん
　　　　　　　　　　　　　　動詞＋ん

這是表現「辯解」的口語句型，用於「主觀解釋理由、藉口」的時候，帶有耍賴、撒嬌的語感。空格處可以填入名詞、形容詞或是動詞，只是在接だもん的時候，名詞、な形容詞後面要加なん，動詞、い形容詞後面要加ん。句型練習如下：

◆ 名詞　　　[家族]　→　だって家族なん　だもん！。
　　　　　　　　　　＝　因為是家人嘛！

◆ な形容詞　[有名]　→　だって有名なん　だもん！。
　　　　　　　　　　＝　因為有名嘛！

◆ い形容詞　[羨ましい]　→　だって羨ましいん　だもん！。
　　　　　　　　　　　　＝　因為羨慕嘛！

◆ 動詞　　　[約束した]　→　だって約束したん　だもん！。
　　　　　　　　　　　　＝　因為約定好了嘛！

5 ユーモアを磨く

A：ユーモア を 磨く には、どう すれば いい か？
　　yu u mo a o miga ku ni wa doo su re ba i i ka
　　培養幽默感方面，該怎麼做才好呢？

B：どう しても、どう にも ならない。
　　doo shi te mo doo ni mo na ra nai
　　怎麼做都沒用。

6 連絡を取り合う

A：話せて よかった。連絡 を 取り合おう！
　　hana se te yo ka tta ren raku o to ri a oo
　　能跟你聊真好。保持聯絡吧！

B：もちろん。インスタ やってる？
　　mo chi ro n in su ta ya tte ru
　　當然。你有用 IG 嗎？

延伸單字 大家習慣用什麼保持聯絡呢？

フェースブック	メール	ビデオ通話	ライン
fe e su bu kku	me e ru	bi de o tsuu wa	ra i n
FB	電子郵件	視訊	LINE

MP3

7 人間味

A：あなた から 人間味 や 人間らしさ を 感じて いない。
　　a na ta　ka ra　nin gen mi　ya　nin gen ra shi sa　o　kan ji te i nai

　　從你身上感覺不到人情味或人樣。

B：どうして？欠点 一つ も ない から？。
　　do o shi te　 ke tten hito tsu mo　na i　 ka ra

　　為什麼？因為一個缺點也沒有嗎？

補充說明

名詞

〜らしさ　　像〜的樣子

8 人当たり

A：人当たり が おおらか な 人 が 好き。
　　hito a ta ri　ga　o o ra ka　na　hito ga　su ki

　　（我）喜歡待人態度大方的人。

B：私 は そういう 人 だ。
　　watashi wa　so o i u　hito da

　　我就是那種人。

延伸單字　說到待人態度，習慣用什麼形容詞來形容呢？

良い	悪い	柔らかい	優しい
yo i	waru i	yawa ra ka i	yasa shi i
很好	很差	很柔軟	很溫和

單元 36 結婚(けっこん)・結婚

*由此開始依順時針方向閱讀

- ハネームン (ha ne i mu n) 蜜月
- プロポーズ (pu ro po o zu) 求婚
- お見合い(みあい) (o mi ai) 相親
- 独身主義(どくしんしゅぎ) (doku shin shu gi) 不婚主義
- ウェディングドレス (we di n gu do re su) 婚紗
- 指輪(ゆびわ) (yubi wa) 戒指
- 結婚式を挙げる(けっこんしきをあげる) (ke kkon shiki o a ge ru) 舉辦婚禮
- 花嫁(はなよめ) (hana yome) 新娘

1 プロポーズ

A：片膝(かたひざ) を ついて プロポーズする つもり だ。
kata hiza o tsu i te pu ro po o zu su ru tsu mo ri da
（我）打算單膝跪地求婚。

B：本当(ほんとう) かよ？照(て)れる なぁ。
hon too ka yo te re ru na a
真的假的？好難為情喔！

MP3

2 お見合い

A：結婚相談所 に 入会 した。
ke kkon soo dan jo ni nyuu kai shi ta

（我）參加了婚友社

B：マジ？お見合い 結婚 は もう 時代遅れ じゃない？
ma ji o mi ai ke kkon wa moo ji dai oku re ja nai

真的假的？相親結婚不是已經落伍了嗎？

延伸單字 除了相親結婚，還有哪種結婚呢？

恋愛結婚	政略結婚	できちゃった婚	電撃結婚
ren ai ke kkon	sei ryaku ke kkon	de ki cha tta kon	den geki ke kkon
戀愛結婚	政治結婚	奉子結婚	閃電結婚

---

3 独身主義

A：私 は 生涯 独身主義者 なの。
watashi wa shoo gai doku shin shu gi sha na no

我一輩子都是不婚主義者。

B：結婚する 気 は 全く ないの？
ke kkon su ru ki wa matta ku na i no

完全不想結婚嗎？

補充說明

名詞
- 生涯（しょうがい）一輩子
- 気（き）意願

延伸單字 說到婚姻，還有哪些狀態呢？

ディンク族	バツイチ	子持ち	同性カップル
di n ku zoku	ba tsu i chi	ko mo chi	doo sei ka ppu ru
無小孩夫妻	離過一次婚	有小孩	同性戀

4 ウェディングドレス

A：この ウェディングドレス、気に入ったか。
　　ko no we di n gu do re su　ki ni　i tta ka
　這件婚紗，喜歡嗎？

B：はい。買うか レンタル か 迷って いる。
　　ha i　ka u ka re n ta ru ka ma yo tte i ru
　喜歡。正苦惱該用買的？還是用租的？

延伸單字 穿婚紗時，還要注意哪些配件呢？

ブーケ	ベール	ハイヒール	ロングトレーン
bu u ke	be e ru	ha i hi i ru	ro n gu to re e n
捧花	頭紗	高跟鞋	長裙擺

5 指輪

妻：どうして 結婚指輪 を 外した か？
　tsuma　do o shi te　ke kkon yubi wa　o　hazu shi ta ka
　妻：為什麼把結婚戒指脫了？

旦那：ずっと 付けて ない よ。
　dan na　zu tto tsu ke te　na i yo
　先生：我一直沒戴呀。

延伸單字 說到戒指，設計上分成哪幾種類型呢？

ソリティア	エタニティー	平打ち	甲丸
so ri ti a	e ta ni ti i	hira u chi	koo maru
單顆美鑽型	整圈碎鑽型	平環型	弧環型

MP3

6 結婚式を挙げる

A：結婚式を挙げるには色々準備しないとね。
ke kkon shiki o a ge ru ni wa iro iro jun bi shi na i to ne

為了舉辦婚禮，必需準備很多事情。

B：もうお手上げだ。入籍だけでいいよ。
mo o o te a ge da nyuu seki da ke de i i yo

我已投降。我只想辦理結婚登記就好。

延伸單字 說到婚禮，會想到那些相關的字呢？

嫁入り	教会	披露宴	二次会
yome i ri	kyoo kai	hi roo en	ni ji kai
迎娶	教堂	喜宴	二次會

7 花嫁

A：君を世界一幸せな花嫁にさせる。
kimi o se kai ichi shiawa se na hana yome ni sa se ru

我要讓妳成為世界上最幸福的新娘。

B：気持ちは嬉しいけど。
ki mo chi wa ure shi i ke do

很高興你的這份心意（但我拒絕）。

延伸單字 除了新娘，婚禮還有哪些登場人物呢？

花婿	ページボーイ	花婿の介添え	花嫁の介添え
hana muko	pe e ji bo o i	hana muko no kai zo e	hana yome no kai zo e
新郎	花童	伴郎	伴娘

動詞變化

使役形

表現「使（你）～」、「讓（你）～」的語意時，動詞要從原形的「する」（成為），變成使役形的「させる」（使成為）。使役形變化規則詳見 p.21。

8 ハネームン

A：ハネームン と 言えば ハワイ だ
　　ha nei mun to i e ba ha wa i da
說到蜜月，就想到夏威夷。

B：国内旅行 で 済む よ。
　　koku nai ryo koo de su mu yo
國內旅行就解決了。

延伸單字　除了夏威夷，還有哪些蜜月勝地呢？

バリ島	ボラカイ島	ヨーロッパ	モルディブ
ba ri too	bo ra ka i too	yo o ro ppa	mo ru di bu
峇里島	長灘島	歐洲	馬爾地夫

句型解說

就解決了 ＿＿＿＿ ＝ ＿名詞／動詞＿ で（て） 済む。

這是表現「～就解決」的句型，強調<u>只用</u>某樣東西或動作，便能解決問題。「済む」是解決、了結的意思，「～で／て済む」則是「只靠○○就能解決」。空格處放名詞時，後加で；放動詞時，要變成て型。て形動詞變化詳見 p. 26。句型練習如下：

- ◆ 名詞 [一言（ひとこと）] → 一言で 済む。 ＝一句話就解決了。
- ◆ 動詞 [謝る（あやま）] → 謝って 済む。 ＝道歉就解決了。

單元 37 悪習慣をやめる・戒掉壞習慣
あく しゅう かん
aku syuu kan o ya me ru

＊由此開始依順時針方向閱讀

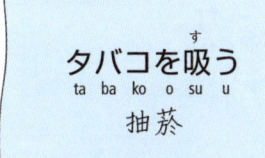

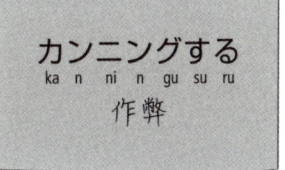

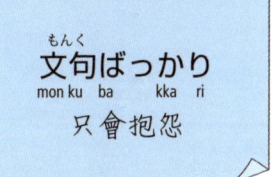

怠け者 nama ke mono 懶惰鬼	タバコを吸う ta ba ko o su u 抽菸	カンニングする kan nin gu su ru 作弊
文句ばっかり mon ku ba kka ri 只會抱怨		無断駐車 mu dan chuu sha 亂停車
寝坊する ne boo su ru 睡過頭	二股 futa mata 劈腿	無駄にする mu da ni su ru 浪費

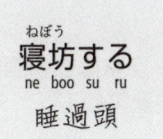

1 タバコを吸う

A：タバコを吸うのはだめ。
　　ta ba ko o su u no wa da me
　　不可以抽菸。

B：別にいいじゃん。
　　betsu ni i i jan
　　又沒關係。

A：だって体によくないんだもん。
　　da tte karada ni yo ku na i n da mon
　　因為對身體不好嘛。

195

2 カンニングする

こう やって カンニングすれば 絶対 バレない。
ko ko ya tte ka n ni n gu su re ba ze ttai ba re na i

這樣作弊的話，絕對不會露餡。

二度と カンニングする な。
ni do to ka n ni n gu su ru na

不准再作弊。

延伸單字 除了作弊，還不准做什麼呢？

遲刻する	サポる	割り込む	からかう
chi koku su ru	sa po ru	wa ri ko mu	ka ra ka u
遲到	翹班／翹課	插隊	捉弄

句型解說

不准再＿＿＿＿＿。＝二度と＿動詞原形＿な。

這是表現「命令不准……」的句型，強調禁止做某樣動作。空格處放動詞原形，後加な。本書一開始列的動詞單字，皆為動詞原形。句型練習如下：

- [壊す] → 二度と 壊す な。 ＝不准再破壞。
- [逃げる] → 二度と 逃げる な。 ＝不准再逃。
- [万引きする] → 二度と 万引きする な。 ＝不准再順手牽羊。

MP3

3 無断駐車

A：<ruby>無断駐車<rt>むだんちゅうしゃ</rt></ruby> に <ruby>困<rt>こま</rt></ruby>ってる。
　　mu dan cyuu sha ni koma tte ru
（我）對於亂停車很困擾。

B：<ruby>平気<rt>へいき</rt></ruby> で <ruby>他人<rt>たにん</rt></ruby> を <ruby>困<rt>こま</rt></ruby>らせる <ruby>人<rt>ひと</rt></ruby> は いっぱい いる ね。
　　hei ki de ta nin o koma se ru hito wa i ppai i ru ne
使他人困擾也不以為意的人真多。

補充說明
副詞
<ruby>平気<rt>へいき</rt></ruby>で　　不以為意、稀鬆平常

延伸單字 說到亂停車，會想到哪些單字呢？

レッカー	<ruby>路駐<rt>ろちゅう</rt></ruby>	<ruby>通報<rt>つうほう</rt></ruby>	<ruby>反則金<rt>はんそくきん</rt></ruby>
re kka a	ro chuu	tsuu hoo	han soku kin
拖吊車	路邊停車	檢舉	罰金

動詞變化
使役形
表現「使（你）～」、「讓（你）～」的語意時，動詞要從原形的「困る」（困擾），變成使役形的「困らせる」（使困擾）。使役形變化規則詳見 p. 21。

4 無駄にする

A：<ruby>大学四年間<rt>だいがくよねんかん</rt></ruby> を <ruby>無駄<rt>むだ</rt></ruby> に した。
　　dai gaku yo nen kan o mu da ni shi ta
浪費了大學四年的時光。

B：もう <ruby>元<rt>もと</rt></ruby> に <ruby>戻<rt>もど</rt></ruby>らない わ。
　　mo o moto ni modo ra na i wa
已經無法回到原狀了。

補充說明
慣用句
<ruby>元<rt>もと</rt></ruby>に<ruby>戻<rt>もど</rt></ruby>らない
無法回到原狀／無法重來

5 二股

A：二股 を やめて。
　　futa mata o ya me te
　　你不要劈腿。

B：こっち は 二股 を かけられた ほう だよ。
　　ko cchi wa futa mata o ka ke ra re ta hoo da yo
　　我才是被劈腿的一方。

延伸單字 除了劈腿，還想到哪些名詞呢？

言い訳	いじめ	嫌がらせ	尾行
i i wake	i ji me	iya ga ra se	bi koo
藉口	霸凌	找碴	跟蹤

句型解說

你不要／停止 _____ 。＝ 名詞 を やめて。

這是表現「你不要……」的句型，希望對方不要做某樣動作。「やめる」是「停止」的意思，「やめて」是「請你停止」的意思。句型的空格處放名詞，或是動詞＋の、動詞＋こと。

6 寝坊する

A：ごめん。つい 寝坊 しちゃった。
　　go me n tsu i ne boo shi cha tta
　　抱歉。不小心睡過頭了。

B：いいの。私 も 起きた ばかり。
　　i i no watashi mo o ki ta ba ka ri
　　沒關係。我也剛起床。

補充說明

副詞

つい　不小心／不知不覺

7 文句ばっかり

A：あの 人、文句 ばっかり だ。
　　a no hito mon ku ba kka ri da
　　那個人只會抱怨。

B：あなた も。ほら、今 あの 人 の 文句 を 言ってる じゃん。
　　a na ta mo ho ra ima a no hito no mon ku o i tte ru ja n
　　你也是。你看，你現在不是正在抱怨那個人嘛。

延伸單字 除了只會抱怨，還常聽到只會什麼呢？

口ばっかり	悪口ばっかり	嘘ばっかり	愚痴ばっかり
kuchi ba kka ri	waru kuchi ba kka ri	uso ba kka ri	gu chi ba kka ri
只會說	只會說壞話	只會說謊	只會發牢騷

8 怠け者

A：怠け者 に なるな。
　　nama ke mono ni na ru na
　　不要變成懶惰鬼。

B：いちいち うるさい よ。
　　i chi i chi u ru sa i yo
　　什麼都管真煩耶。

補充說明
[副詞] いちいち　一個接一個／一一

延伸單字 除了懶惰鬼，還常常聽到什麼鬼呢？

泣き虫	けち	食いしん坊	小心者
na ki mushi	ke chi	ku i shi n boo	shoo shin mono
愛哭鬼	小氣鬼	愛吃鬼	膽小鬼

單元 38　健康を保つ・保持健康
けんこう　たも
ken koo o tamo tsu

＊由此開始依順時針方向閱讀

若返り わかがえ / waka gae ri — 重返年輕

油・糖・塩を減らす あぶら・とう・しお・へらす / abura too shio o he ra su — 少油、少糖、少鹽

習慣にする しゅうかん / shuu kan ni su ru — 養成習慣

太陽光を浴びる たいようこう・あ / tai yoo koo o a bi ru — 曬太陽

快眠 かいみん / kai min — 睡得香甜

血圧をコントロールする けつあつ / ketsu atsu o kon to ro o ru su ru — 控制血壓

サプリを飲む の / sa pu ri o no mu — 吃健康補給品

体を壊す からだ・こわ / karada o kowa su — 搞壞身體

1　油・糖・塩を減らす

A：油・糖・塩を減らすと、かえって食欲がよくなった。
　　abura too shio o he ra su to ka e tte shoku yoku ga yo ku na tta
　（我）少油、少糖、少鹽後，反而食慾變好了。

B：変わったなぁ。どういうメカニズムかしら？
　　ka wa tta na a　doo i u me ka ni zu mu ka shi ra
　好反常。這是什麼原理啊？

補充說明

| 副詞 | かえって | 反而 |
| 名詞 | メカニズム | 原理／機制 |

MP3

2 習慣にする

A：運動を 習慣にして、健康的にダイエットしたい。
　　un doo o shuu kan ni shi te ken koo teki ni da i e tto shi ta i
　　養成運動習慣，想健康地減重。

B：私の知る限り、大食いを 習慣にした だけ。
　　watashi no shi ru kagi ri　oo gu i o shuu kan ni shi ta da ke
　　就我所知，（你）只養成大吃大喝的習慣。

延伸單字 為了健康，還要養成那些習慣呢？

早起き	よく噛む	水飲み	手洗い
haya o ki	yo ku ka mu	mizu no mi	te ara i
早起	細嚼慢嚥	喝水	洗手

3 快眠

A：この マットはお勧め！快眠できるし。
　　ko no ma tto wa o susu me kai min de ki ru shi
　　很推薦這個床墊！可以讓人睡得香甜。

B：そんな もの いらない。本を読むと、すぐ 寝落ちしてしまう。
　　son na mo no i ra na i　hon o yo mu to su gu ne o chi shi te shi ma u
　　（我）不需要那種東西。只要一看書，就能馬上睡死。

延伸單字 關於睡眠，還會想到那些單字呢？

ノンレム睡眠	レム睡眠	眠れない	寝返り
no n re mu sui min	re mu sui min	nemu re na i	ne gae ri
深眠	淺眠	睡不著	翻來覆去

動詞變化

てしまう形（完全徹底形）
要表現動作做到完全徹底的狀態，動詞要從 [原形] 變成 [てしまう形]，也就是從 [睡著＝寝落ちする] 變成 [睡死／完全睡著＝寝落ちしてしまう]。動詞て形變化後，加しまう。て形變化規則詳見 p.26。

4 体を壊す

A：あまりに 無理してると 体を壊すよ。
　　amari ni muri shiteru to karada o kowasu yo
　　太勉強的話，會搞壞身體喔。

B：はいはい、自分を休ませる時間を作る。
　　hai hai　jibun o yasumaseru jikan o tsukuru
　　好的好的，我會找時間讓自己休息。

延伸單字　哪些行為容易搞壞身體呢？

早食い	徹夜	座りっぱなし	飲みすぎ
haya gui	tetsu ya	suwari ppanashi	nomi sugi
狼吞虎嚥	熬夜	久坐	飲酒過量

5 サプリを飲む

A：サプリを 五種類ほど 飲んでいる。
　　sapuri o goshurui hodo nonde iru
　　（我）吃健康補給品吃了五種之多。

B：飲みすぎじゃない？逆効果になるよ。
　　nomisugi janai　gyakukooka ni naru yo
　　是不是吃太多了？會有反效果喔。

補充說明
副詞
〜ほど
〜程度（強調程度之高）

延伸單字　常常看到哪些健康補給品呢？

カルシュウム	コラーゲン	マルチビタミン	プロテイン
karushuumu	koraagen	maruchibitamin	purotein
鈣	膠原蛋白	綜合維他命	高蛋白粉

MP3

6 血圧をコントロールする

A：最近、頭痛 と 吐き気 が ある。
　　sai kin　zu tsuu　to　ha ki ke　ga　a ru

最近有頭痛與想吐的症狀。

B：血圧 を コントロール しなくちゃ。
　　ketsu atsu　o　kon to ro o ru　shi na ku cha

必須控制血壓了。

延伸單字　除了血壓，還要控制身體的哪些指數呢？

血糖値	コレステロール	体重	心拍
ke ttoo chi	ko re su te ro o ru	tai juu	shin paku
血糖	膽固醇	體重	心律

---

7 太陽光を浴びる

A：太陽光 を 浴びて 元気 に なろう。
　　tai yoo koo　o　a bi te　gen ki　ni　na ro o

去曬太陽，一起變健康吧。

B：紫外線 を 恐れて 太陽光 を 浴びない もの。
　　shi gai sen　o　o so re te　tai yoo koo　o　a bi nai　mo no

（我）怕有紫外線，所以不曬太陽的。

動詞變化

意向形（一起……吧！）

建議／邀請對方「一起……吧」，動詞要從原形的變成「なる」，變成意向形的變成吧「なろう」。意向形變化規則詳見 p. 25。

8 若返り

A：若返りのため、食生活だけでなく、ライフスタイルも変わるべき。
waka gae ri no ta me　shoku sei katsu no mi na ra zu　ra i fu su ta i ru mo ka wa ru be ki

為了重返年輕，不僅飲食、就連生活型態也要改變。

B：ハードルが高い。あえて整形したほうが楽。
ha a do ru ga taka i　a e te sei kei shi ta ho o ga raku

難度很大。乾脆整形還比較輕鬆。

補充說明

副詞

あえて　　乾脆（鼓起勇氣）

句型解說

不只____A____就連____B____也……
　＝____だけでなく、____も…。

這是說明情況的句型，在 A、B 兩個重點的堆疊下，表現「不光是 A，就連 B 也～」。兩空格處，要同時放入「名詞」，也可以同時放入「形容詞」、「動詞各種時態」。句型練習如下：

◆ 名詞　[学生／保護者] → 学生だけでなく保護者も叱られた。
　　＝ 不只學生，就連家長也被罵。

◆ 形容詞　[質が高い／値段が手頃] → 質が高いだけでなく値段も手頃だ。
　　＝ 不只品質很高，價格也很公道。

◆ 動詞　[怪我した／記憶を失った] → 怪我しただけでなく記憶も失った。
　　＝ 不只受傷了，記憶也喪失了。

MP3

單元 39 夢を叶える・實現夢想

*由此開始依順時針方向閱讀

- オーナーになる / 當老闆
- 夢を見る / 做夢／夢到
- だめ元 / 不抱希望(也要試)
- 子供ができる / 有小孩
- ワーキングホリデー / 打工度假
- 賞をもらう / 得獎
- デビューを狙う / 以出道為目標
- 宇宙旅行 / 太空旅行

1 夢を見る

A：昨日、大統領になる夢を見た。
昨天我夢到我變成總統。

B：妄想に決まっている。
那絕對是幻想。

2 だめ元

A：だめ元 だけど、告白しに いく。
　　da me moto da ke do koku haku shi ni　i ku
　　雖不抱希望，但我要去告白。

B：頑張って。成功したら ラッキー だね。
　　gan ba tte　sei koo shi ta ra　ra kki　i da ne
　　加油。如果成功就太幸運了。

3 ワーキングホリデー

A：自分探し の ため、ワーキングホリデー に 行く。
　　ji bun saga shi no ta me　waa kin gu ho ri dee ni　i ku
　　為了追尋自我，要去打工度假。

B：おいしい バイト代 の ため じゃない の？
　　o i shi i　ba i to dai no ta me　ja na i no
　　難道不是為了好康的打工費嗎？

註：日文喜歡縮寫，所以ワーキングホリデー又會縮寫成ワーホリ。

延伸單字　說到打工度假，會想到哪些國家呢？

オーストラリア	ニュージーランド	日本	カナダ
o o su to ra ri a	nu u ji i ran do	ni hon	ka na da
澳洲	紐西蘭	日本	加拿大

4 宇宙旅行

A：宇宙旅行 に 行きたいなぁ。
好想去太空旅行啊。

B：ハードル が 高い。行きたく ても 行けない ところ だよ。
難度好高。那是想去也去不了的地方。

延伸單字 說到太空旅行，會想到哪些單字呢？

ロケット	宇宙ステーション	宇宙人	宇宙飛行士
ro ke tto	u chuu su te e sho n	u chuu jin	uu chuu hi koo shi
火箭	太空站	外星人	太空人

5 デビューを狙う

A：オーディション に 参加して、デビュー を 狙いたい。
參加選秀，（我）想以出道為目標。

B：スカウト で デビュー したい けど。
（我）想透過星探挖掘來出道。

補充說明

名詞

オーディション　選秀

スカウト　星探挖掘

6 賞をもらう

A：文学賞 は 努力 次第 で もらう もの だ。
bun gaku shoo wa do ryoku shi dai de mo ra u mo no da

文學獎是靠努力得到的。

B：金出して 賞 を もらう ってこと？
kane da shi te shoo o mo ra u tte ko to

意思是要出錢才能得獎嗎？

延伸單字 說到獎項，有哪些享譽全球的獎呢？

ノーベル賞	グラミー賞	プリッカー賞	アカデミー賞
no o be ru shoo	gu ra mi i shoo	pu ri tsu ka a shoo	a ka de mi i shoo
諾貝爾獎	葛萊美獎	普立茲克獎	奧斯卡獎

句型解說

依＿名詞＿而定　　＝＿名詞＿次第

這是表現「以～來決定」、「就看～了」的句型。「名詞＋次第」的 次第，跟 による 意思差不多，都有「依據～」「端視～」的意思。句型練習如下：

◆ [機嫌] → するかしないか、機嫌次第だ。　＝做或不做，依心情而定。
◆ [君] → プロジェクトの成功は君次第だ。　＝專案是否成功，就看你了。

7 子供ができる

A：ね、子供 が できた よ。
　　ne　ko domo ga　de ki ta　yo

跟你說喔，我有（小孩）了。

B：嘘 でしょう！俺 が パパ に なるってこと？
　　uso de sho o　ore ga pa pa ni　na ru　tte ko to

騙我的吧！意思是我要當爸爸了？

延伸單字　說到有小孩，會想到哪些單字呢？

妊娠	出産	不妊治療	帝王切開
nin shin	shu ssan	fu nin chi ryoo	tei oo se kkai
懷孕	自然產	不孕症治療	剖腹產

句型解說

意思是 ___句子___ ？ = ___句子___ ってこと？

這是用於確認對方話中的意思，詢問「你的意思是～，對嗎？」的句型。句子中，「……って」等於「……という」，意思是「所謂的……」；而「こと」意思是「這麼一回事」。句型練習如下：

◆ [びりになった] → びりになったってこと？
　　　　　　　　　= 意思是落到最後一名？

◆ [受け取る] → 受け取るってこと？
　　　　　　　= 意思是會接受？

8 オーナーになる

A：オーナー に なり たいなぁ。
　　o o na a ni na ri ta i na a
　　真想當老闆。

B：それなり に 努力しない と なれる か？
　　so re na ri ni do ryoku shi na i to na re ru ka
　　不付出相應的努力，當得了嗎！

補充說明

副詞

それなりに　　相應地／相當地

延伸單字　大家還會憧憬要當什麼呢？

億万長者	人生勝ち組	人気者	ミス台湾
oku man choo ja	jin sei ka chi gumi	nin ki mono	mi su tai wan
億萬富翁	人生勝利組	萬人迷	台灣小姐

MP3

單元 40 地球に優しい・愛護地球
ちきゅう に やさ しい
chi kyuu ni yasa shi i

*由此開始依順時針方向閱讀

公共交通機関
こうきょう こうつうきかん
koo kyoo koo tsuu ki kan
大眾運輸

リサイクル
ri sa i ku ru
資源回收

ごみ分別
ぶんべつ
go mi bun betsu
垃圾分類

ボランティア
bo ran ti a
義工

レジ袋減量
ぶくろげんりょう
re ji bukuro gen ryoo
塑膠袋減量

菜食主義
さいしょくしゅぎ
sai shoku shu gi
吃素

節水
せっすい
se ssui
節約用水

省エネ家電
しょう かでん
shoo e ne ka den
節能家電

1 リサイクル

A：リサイクル したら 何 に 変身する か？
　　ri sa i ku ru shi ta ra nani ni hen shin su ru ka
　　資源回收後，會變成什麼呢？

B：紙パック は、トイレットペーパー へ リサイクルされる よう だ。
　　かみ
　　kami pa kku wa to i re tto pee paa e ri sa i ku ru sa re ru yo o da
　　紙盒的話，好像被回收成為衛生紙。

211

句型解説

好像 _____ ＝ _____ よう　だ。

這是表現「（我覺得）好像〜」的主觀推測句型。表達意見時，為了不要顯得太武斷，也會用這句「（我覺得）好像〜」來緩和氣氛。

「よう＝樣子」，是名詞，所以前方可直接接續「い形容詞」、「な形容詞＋な」、「名詞＋の」、「動詞各種時態」。句型練習如下：

- い形容詞 [遠(とお)い] → 遠(とお)い　ようだ＝好像很遠
- な形容詞 [賑(にぎ)やか] → 賑(にぎ)やかな　ようだ＝好像很熱鬧
- 名詞 [恋人(こいびと)] → 恋人(こいびと)の　ようだ＝好像是情侶
- 動詞 [帰(かえ)った] → 帰(かえ)った　ようだ＝好像回家了

2　ごみ分別

A：ごみ を 勝手(かって) に 捨(す)てる な。
　　go mi o ka tte ni su te ru na
　　不要隨便丟垃圾。

B：はいはい、ごみ分別(ぶんべつ) を しとく。
　　ha i ha i　go mi bun betsu o　shi to ku
　　好的。我來先垃圾分類好！

延伸單字　垃圾常常被分類成哪幾種呢？

缶(かん)	古紙(こし)	瓶(びん)	ペットボトル
kan	ko shi	bin	pe tto bo to ru
鐵鋁罐	廢紙	玻璃瓶	寶特瓶

句型解説

事先做好 _____ ＝ ＿動詞て形→去て＿ とく

這是表現「事先做好某件事」、「提前準備好〜」的句型。句子中，動詞變成て形後，去て，接「とく」。て形動詞變化詳見 p. 26。（參照 p. 156 句型解説）。

MP3

3 レジ袋減量

A：**レジ袋減量** は やらざる を 得ない こと だ。
　　re ji bukuro gen ryoo wa　ya ra za ru　o　e na i　ko to da

　塑膠袋減量勢在必行。

B：私 も そう 思う。
　　watashi mo soo　omou

　我也這麼認為。

> 補充說明
> 慣用句
> やらざるを得ない　　不做不行／勢在必行

註：レジ是收銀台，收銀台附的提袋，就是レジ袋，就是政府推行的不能免費附贈的塑膠袋。若要強調塑膠這個材質，就可以説ビニール袋，ビニール是聚氯乙烯。

延伸單字　有哪些東西也該減量呢？

印刷	包装	使い捨て食器	排ガス
in satsu	hoo soo	tsuka i su te sho kki	hai ga su
印刷	包裝	免洗餐具	廢氣

4 省エネ家電

A：**省エネ家電** に 買い替えると、補助金 が もらえる。
　　shoo e ne ka den　ni　kai ka e ru to　ho jo kin ga　mo ra e ru

　買節能家電來汰舊的話，能拿到補助。

B：へえ、知らなかった。
　　hee　shi ra na ka tta

　是嗎，我不知道。

延伸單字　有哪些家電會訴求節能呢？

エアコン	冷蔵庫	電気温水器	照明
e a kon	rei zoo ko	den ki on sui ki	shoo mei
冷暖氣	冰箱	電熱水器	電燈

213

5 節水

A：私は常に節水に心がけている。
watashi wa tsune ni sessui ni kokoro ga ke te i ru
我時常把節約用水這件事放在心上。

B：私も。だから週一回しか髪の毛を洗わない。
watashi mo da ka ra shuu i kkai shi ka kami no ke o ara wa na i
我也是。所以一個禮拜只洗一次頭。

補充說明

| 動詞 | 心がける | 掛心 | 句型 | しか……ない | 只…… |
| 名詞 | 髪の毛 | 頭髮 | | | |

延伸單字 哪些設備會訴求省水功能呢？

蛇口	シャワーヘッド	トイレ	洗濯機
ja guchi	sha wa a he ddo	to i re	sen taku ki
水龍頭	蓮蓬頭	馬桶	洗衣機

6 菜食主義

A：菜食主義になれば、環境と動物に優しい。
sai shoku shu gi ni na re ba kan kyoo to doo butsu ni yasa shi i
吃素的話，對環境和動物都好。

B：健康にも優しい。
ken koo ni mo yasa shi i
也對身體好。

MP3

7 ボランティア

A：ビーチクリーン という ボランティア 活動 に 参加した。
　　bi chi ku ri in to iu bo ra n ti a　katsu doo ni　san ka shi ta

（我）參加淨灘這一類的義工活動。

B：偉い！一日一善 の 精神 に 感心した ね。
　　era i　ichi nichi ichi zen　no sei shin ni　kan shon shi ta　ne

好偉大！（我）佩服日行一善的精神。

補充說明

| 名詞 | ビーチクリーン | 淨灘 | 一日一善 | 日行一善 |
| 動詞 | 感心する | 佩服 | | |

延伸單字 有哪些常見的義工活動呢？

野良犬支援	震災復興	食糧難対策	絶滅危惧種保護
no ra inu shi en	shin sai fu kkoo	shoku ryoo nan tai saku	zetsu metsu ki gu shu ho go
支援流浪狗	震災復興	解決飢荒	保護瀕臨絕種生物

8 公共交通機関

A：地球温暖化 を 防ぐため、できるだけ 公共交通機関 を 使う。
　　chi kyuu on dan ka o　fuse gu ta me　de ki ru da ke　koo kyoo koo tsuu ki kan o　tsuka u

為了防止地球暖化，我盡量利用大眾運輸工具。

B：私 は できるだけ おなら を しない。
　　watashi wa　de ki ru da ke　o na ra　o　shi na i

我則是盡量不放屁。

補充說明

| 名詞 | 地球温暖化 | 地球暖化 | おなら | 屁 |
| 副詞 | できるだけ | 盡量 | | |

國家圖書館出版品預行編目（CIP）資料

九宮格日語學習法【修訂版】／吳乃慧作. -- 二版.
-- 臺中市：晨星出版有限公司, 2025.06
216面；16.5×22.5公分. --（語言學習；13）
ISBN 978-626-420-121-6（平裝）

1. CST：日語 2. CST：讀本

803.18　　　　　　　　　　　　　　114005837

語言學習 13

九宮格日語學習法【修訂版】
零散的日文單字，立刻變身有系統的視覺圖像記憶

作者	吳乃慧
編輯	余順琪
錄音	小辻菜菜子（Nanako Kotsuji）
封面設計	耶麗米工作室
版面設計	張蘊方
內頁排版	林姿秀
創辦人	陳銘民
發行所	407台中市西屯區工業30路1號1樓 TEL：04-23595820　FAX：04-23550581 E-mail：service-taipei@morningstar.com.tw http://star.morningstar.com.tw 行政院新聞局局版台業字第2500號
法律顧問	陳思成律師
初版	西元2020年12月15日
二版	西元2025年06月15日
讀者服務專線	TEL：02-23672044／04-23595819#212
讀者傳真專線	FAX：02-23635741／04-23595493
讀者專用信箱	service@morningstar.com.tw
網路書店	http://www.morningstar.com.tw
郵政劃撥	15060393（知己圖書股份有限公司）
印刷	上好印刷股份有限公司

定價 320 元
（如書籍有缺頁或破損，請寄回更換）
ISBN：978-626-420-121-6

Published by Morning Star Publishing Inc.
Printed in Taiwan
All rights reserved.
版權所有・翻印必究

|　最新、最快、最實用的第一手資訊都在這裡　|